KB113532

아무튼, 아이돌

아무튼, 아이돌

윤혜은

덕후의 말

덕후

한 분야에 미칠 정도로 빠진 사람을 뜻하는 일본어 '오타쿠(御宅, おたく)'에 기인하며, 이를 한국식으로 발음한 '오덕후'의 줄임말이다. 그리고 다른 모든 줄임말이 그러하듯 '덕후' 역시 본말보다 더욱 대중적으로 사용되고 있다. 사실 가까운 과거만 돌아봐도 덕후는 사회적 관계를 등한시하고 음지에서 취미생활을 즐기는 사람처럼 비쳤으나 오늘날엔 어떤 분야에 남다른 열정과 애정을 갖고 몰두하는 사람으로 통용되고 있어 덕후적 자부심이 차오르게 한다. 나이를 먹을수록 무언가에 진심을 다하는 게 머쓱하고 어려워지는 가운데 덕후는 남녀노소를 막론, 언제고 순진해질 준비가 돼 있는 사람들이 분명하다. 무언가를 열렬히 좋아하는 마음이 세상을 바꾸진 못하더라도 자기 자신만은 구원할 것이므로(내 인생을 망치러 온 나의 구원자⋯), 덕후로 사는 삶은 이로울 수밖에.

머글

J. K. 롤링의 소설 '해리포터' 시리즈에서 마법사가 아닌 '보통 인간'을 가리키는 단어로 처음 쓰였다. 소설의 파급력만큼이나 소설 세계의 용어들이 현

실 세계에 스며들면서 '일반인'이라는 의미로 자리 잡았다. 특정 분야와 대상에 깊게 매료되는 '덕후'와 대비되는 인칭대명사로 쓰이고 있다. 참, 덕후는 호시탐탐 주변 머글들을 주시하며 제 쪽으로 영업할 틈을 엿보고 있다. 지금 당신 곁의 덕후 또한 당신 모르게 은근한 영업을 시도하고 있는지도.

덕질메이트

'소울메이트'처럼 덕질하는 삶에 반드시 필요한 영혼의 단짝이라 할 수 있다. 마찬가지로 줄임말인 '덕메'가 널리 쓰이고 있다. 덕질의 기쁨과 슬픔을 덕메 말고 어느 누구와 나눌 수 있으랴! 간혹 '솔로 플레이'를 즐기는 변방의 덕후도 있지만, 덕메는 기본적으로 덕질의 양과 질을 좌우하는 빛과 소금 같은 존재이다. 유사어로 덕후 친구를 뜻하는 '덕친'이 있다 (아아 줄임말의 범람이여…).

덕력

덕질하는 능력이랄까, 덕질을 하며 쌓아 올린 모든 경험치를 뜻한다. 덕질하는 대상을 해석하는 능력, 또 다른 덕후들과 구축한 돈독한 관계, 수집한 굿즈의 범위, 쏟아부은 물량 등…. 나는 좋아하는 마음이 남긴 궤적 자체를 덕력이라 부르고 싶다.

덕뽕

'뽕'이란 단어는 본디 각성 작용을 일으키는 마약류 '필로폰'을 속되게 부르는 말에 기인한다. 무언가에 취해서 즐기는 상태를 폭넓게 아우르는 은어로 자리 잡은 가운데, 덕질처럼 애착을 품는 대상의 면면에 깊게 몰입해서 감동한 상태를 가리키는 말로 확장되었다. '덕뽕—덕질하는 마음—이 차오른다'라는 관용구로 자주 쓰인다. 이 책의 모든 꼭지 또한 주체할 수 없는 덕뽕을 기반으로 쓰였다.

입덕

어떤 분야에 빠져 마니아가 되었음을 알리는 상태. 한자 '들 입(入)'자의 '입'과 덕후의 '덕'을 합쳐 만든 합성어다. 덕후의 정체성을 완성시키는 관문으로, 어느 판이든 이제 막 입덕한 덕후는 환영을 받으며 눈앞에 차려진 무수한 떡밥을 먹기 바쁜 나날을 보내게 된다.

덕통사고

어떤 대상으로부터 불시에 온 마음을 사로잡히

는 일을 교통사고에 빗댄 말. 앞서 소개한 '입덕'과 필요충분조건 관계에 있다. '마음이 치이는' 강도는 다르겠으나, 누구도 덕통사고 없이 입덕할 수는 없다. 입덕은 덕통사고 후에(혹은 거의 동시에) 따라오는 수순이기 때문이다. 그야말로 덕질의 시작을 알리는 신호탄인 셈이다.

현생

'현재 인생'의 줄임말. 말 그대로 내게 주어진 현실 그 자체를 뜻한다. 현생은 대체로 외면하고 싶은 상태로 존재하기 때문에 일상생활에서 영영 이탈해버리지 않도록 붙잡아줄 덕생이 반드시 필요하다는 게 덕후의 지론이다.

덕생

'덕후 인생'의 줄임말. 현생과 공생하는 관계라고 정의하고 싶다. 덕생은 자칫 현생을 무너트리는 것처럼 보이기 쉬운데, 현생에 아무런 기력도 남아 있지 않을 때 내 멱살을 잡아 끌고 가는 역할을 하는 경우가 더 많다. 그러므로 현생이 덕생에 잠시 잠식당한데도 두렵지 않다. 그저 이렇게 중얼거릴 뿐이다. "괜찮아. 어차피 그 힘으로 사는걸⋯."

생일카페

길을 가다 한 번쯤 '어머, 저건 뭐야?' 소리가 나오게 만드는 카페를 본 적 있을 것이다. 매장 앞에 세워진 엑스배너와 벽면 가득, 본 적 없는 얼굴이 걸려 있다면 99퍼센트의 확률로 내 아이돌(혹은 그밖의 연예인)의 생일을 기념하기 위해 팬들이 기획한 생일 카페가 진행 중이라는 뜻이다. 기존의 카페 시스템과 동일하게 운영하니 당황하지 말고 들어가볼 것을 권한다. 생일카페는 기존의 카페를 일정 기간(멤버의 생일주간 내 며칠) 대여하는 형태로 운영되며, 기본적으로 카페에서 판매 중인 음료 및 디저트를 구매할 경우, 자체 제작한 컵홀더 ─ 이를 '생일컵'이라 한다 ─ 및 특별 굿즈를 함께 제공한다. 이 밖에도 카페 내 포토존이나 뽑기 기계를 설치하는 등 하나부터 열까지 팬들의 남다른 애정과 수고가 들어간다. 한마디로 생일자 없는 생일파티인 셈인데, 요즘 팬덤에 자리 잡은 하나의 놀이 문화이다. 경험한 바, 실로 내 최애의 생일주간 동안 곳곳에 포진된 생일카페를 투어하는 재미가 아주 쏠쏠했다. (내 생일도 아닌데, 아니 내 생일보다도 더 신날 일이야? 참고로, 내 최애 그룹은 멤버가 총 여섯 명이고 여기에 이들의 시작을 알린 데뷔 날짜까지 더하면 나는 앞으로 1년 중 일주일은 반드시 크고 확실한 행복이 보장돼 있는 셈이다. 그런 의미에서 아이돌은 나라는 인간이 사랑할 수 있는 세계를 확장시켜준다고 할 수 있다.)

덕후 렌즈

최애를 향한 덕후의 시선. 최애가 뭘 하든 예쁘고 귀엽고 멋지고 아름답고 근사하게 보이도록 하며, 이 렌즈는 입덕과 함께 내 의지와 상관없이 마치 렌즈삽입술처럼 새겨진다. 가끔 안과 수술을 받은 친구들이 하는 말은 이와 꼭 닮아 있다. "야, 세상이 달라 보여. 진즉에 할 걸 그랬어." 덕후 렌즈를 통해 바라보는 최애는 덕후의 세상까지 밝게 비춰주니까. 유사어로는 '덕깍지(덕후+콩깍지)'가 있다. (주의할 점은 렌즈고 콩깍지고 불시에 사라질 수도 있다는 점. 이는 곧 소개할 용어 '탈덕'의 시그널일 수 있으니 참고할 것.)

하이터치

엔터테인먼트 시장에서 아티스트와 팬이 보다 가깝게 소통할 수 있도록 오프라인 행사를 기획할 때 종종 사용되는 이벤트. 두 사람이 기쁨을 표현하기 위해 서로 손바닥을 마주치는 '하이파이브(high five)'를 일본에서는 '하이터치'라고 부르는 데서 유래했다.

탈덕

입덕이 '들 입(入)' 자에서 비롯되었다면, 탈덕은 '벗을 탈(脫)' 자로 운을 떼며 제 상태를 증명한다. 몰입했던 대상이나 분야로부터 완전히 빠져나왔음을 선언할 때 쓰인다. 지난했던 '덕후' 생활을 마침내 정리했음을 나타내는 이별 용어다. 모든 이별이 그러하듯 탈덕 역시 홀가분한 동시에 서글프고도 아련한 여운을 남긴다. 하지만 본문에 쓰인 말처럼, 일단 한 번 아이돌에 빠진 덕후라면 "휴덕은 있되 탈덕은 없다"라는 잠언을 절절히 체감하게 될 것이므로, 탈덕이라는 어감이 주는 비장함에 비해 실상 무용한 단어에 가깝다.

휴덕

이번에는 '쉴 휴(休)'자다. 입덕과 탈덕 사이를 긴밀하게 연결하는 단어로, 탈덕이 덕질의 완전한 종지부를 나타낸다면, 휴덕은 좋아하는 상태를 잠시 일시정지 해두는 일이다. 과몰입 덕질이 버거울 때 스스로를 제어하기 위한 장치로써 휴덕기를 갖는가 하면, 열렬한 마음으로 덕질하는 일이 문득 시들해질 때(하지만 뜯어보면 다 이유가 있기 마련이다. 다른 대상에 마음을 빼앗겼거나, 대상이 덕후로 하여금 마음을 식게 할 만한 사건을 제공했거나) 휴덕기가 찾아 왔음을 인지하기도 한다.

덕심

덕후의 마음. 덕후라면 기본적으로 사랑이 많을 수밖에 없고, 그런 마음을 기반으로 하는 덕질은 즐거울 수밖에 없으므로(또한 행복하기 위해 하는 것이 덕질이므로) 덕심은 대체로 넘쳐나는 따뜻함으로 가득한 상태를 뜻한다. 이 정도 크기와 온도를 지닌 마음이 덕질 바깥에선, 그러니까 현생에선 좀처럼 발현되지 않음을 깨달을 때, 덕생이 내게 안겨주는 무한한 너그러움에 감탄할 따름이다.

잡덕

과거의 돌판이 마치 일부일처제처럼 '1덕후 1본진'이 원칙처럼 통용되었을 때, 여러 가수를 동시다발적으로 좋아하는 이들을 가리켜 '여러 가지가 뒤섞인' 또는 '자질구레한'의 뜻을 더하는 접두사 '잡-'을 붙여 '잡덕'이라 속되게 부르곤 했다. 하지만 돌판이 아니라도 덕후 세계에는 유독 너른 마음을 가진 덕후들이 많을 수밖에 없고, 여러 분야와 대상을 동시 다발적으로 사랑할 줄 아는, '취미는 입덕'이라 부를 만한 덕후들은 많을수록 좋은 게 아닐까? 그렇다면 역시 잡덕보다야 '전방위 아이돌 덕후' '아이돌 박애주의자'라는 말이 더 잘 어울릴 테다.

n세대 아이돌

아이돌도 '세대'를 나눌 만큼 유구한 역사를 지니며 대중문화의 한 축이 되었다. 하여 '1세대 아이돌(케이팝 아이돌의 시작을 알린 H.O.T.를 필두로 이어지는 젝스키스, S.E.S., 핑클, 신화, god 등)'이니 '2세대 아이돌(동방신기, SS501, 슈퍼주니어, 소녀시대, 카라, 빅뱅 등)'이니 구분하는 말은 머글에게도 제법 익숙한 단어일 테다. 또한 세대가 거듭되고 아이돌 시장이 커지면서 그야말로 '셀 수 없는' 아이돌이 누적되고 있으나, 1세대부터 최소 3세대에 속한 아이돌까지는 낯익은 얼굴이 많으리라 짐작해본다. (본문에서 언급한 '2.5세대 아이돌'은 샤이니, 2AM, 2PM, 2NE1, 포미닛, f(x), 레인보우, 시크릿, miss A, 나인뮤지스, 걸스데이, 씨스타, 에이핑크, 브레이브걸스, 달샤벳, EXID, 스피카, AOA, 비스트, 엠블

랙, 인피니트, 틴탑, B1A4, 블락비, 보이프렌드 등으로 묶을 수 있다. 참고로 아이돌판 웹진 〈아이돌로지(IDOLOGY)〉에는 이른바 '아이돌 세대론'을 바탕으로 케이팝의 현주소를 정리해둔 글*이 있는데, 일독을 권한다. 여기에 2020년을 끝으로 4세대까지 갈무리해둔 '아이돌 연표'를 훑다 보면 나만의 '덕생 연표'를 만들고 싶어질지도.)

늦덕

데뷔한 지 오래된 연예인에게 입덕한 팬을 뜻한다. 늦덕은 종종 '유입' '뉴비(newbie, 초보자)' 등으로 치환되는데, 기존 팬들의 큰 환영을 받으며 입덕을 경험하게 된다. 늦게 입덕한 만큼 무수히 밀린 각종 콘텐츠(흔히 '떡밥'이라 일컫는)를 하나씩 독파하며 시나브로 자신만의 덕생을 구축하게 된다.

포토카드

단어 그대로 카드 형태의 사진이다. 아이돌 굿즈의 가장 기본이 되는 상품이며, 보통 발매하는 앨

---

* 스큅, 「아이돌 세대론 : ① 2020 아이돌팝 세대론」, 〈아이돌로지〉, https://idology.kr/13070

범의 부록 아이템으로 구성된다. 공식 굿즈라면 앨범의 콘셉트를 다채롭게 담아내는 사진으로 채워진다. 앨범당 보통 두세 장의 포토카드(이하 포카)가 랜덤으로 딸려 오는데, 앨범이 동시에 여러 버전으로 발매될 경우 그 종수도 늘어난다. 각자의 최애를 사수하거나 반드시 갖고 싶은 사진이 있다면 어느새 앨범을 사고 또 사는 자신을 발견할 수 있다. 이밖에 팬들끼리 포카 교환이나 거래의 장이 열리기도 하며, 공식 포카 외에도 팬들이 개인의 취향을 저격하는 사진을 선별해 자체 제작하기도 한다.

덕주

'덕후의 주인'을 뜻하는 줄임말. 천둥 작가님(밴드 '국카스텐'의 덕후이시다)의 에세이 『요즘 덕후의 덕질로 철학하기』의 「덕질사전」에서 처음 접했다. 뼛속까지 덕후인 나로서는 보자마자 이거다! 싶은 짜릿함이 있었다. 내 아이돌을 '나의 주인'이라 부르는 송구스러움은 과몰입 덕후의 덕목 아닐까?

일코

'일반인 코스프레'의 줄임말. 자신이 덕후임을 숨기기 위해 머글인 척하는 행위를 가리킨다. ('코스프레'는 원래의 명칭인 '코스튬 플레이(costume play)'를 일본식으로 줄인 것으로, 게임·만화·애니메이션·영화 등에 등장하는 캐릭터처럼 분장하고, 그들의 행동을 모방하는 퍼포먼스 놀이이다.) 자신의 덕질로 인해 사회적 체면이 흔들린다고 여겨지거나, 지극히 사적인 덕질을 머글로부터 함부로 침해받고 싶지 않을 때 흔히 '일코 한다'고 쓴다.

탈빠

'탈(脫)+빠순이'의 줄임말. 대체로 탈덕과 같은 뜻으로 쓰이나, 탈덕이 특정 대상에 한해서 덕질을 그만두는 범주라면(그래서 타 아이돌, 타 장르에 얼마든지 새로이 입덕할 수 있는 가능성이 남아 있는 상태라면), 탈빠는 덕후 자아 자체를 소거해버리는 보다 강한 다짐이 스며 있다.

팬매니저

아티스트와 팬 사이의 소통을 담당하는 직업. 공식 팬카페 관리 및 공개방송 시 팬들의 질서정연한 방청을 돕고 나아가 팬미팅이나 팬사인회 기획 등에도 참여한다. 한마디로 온/오프라인 행사 전반의 과정에서 팬을 관리하는 직업이다.

탈케

'탈(脫)+케이팝'의 줄임말. 탈빠와 같은 뜻과 무게(?)로 쓰인다. 하지만 탈케를 선언하는 덕후를 배웅하며 우리는 이런 인사를 남긴다. "응, 잘 갔다 와. 푹 쉬고 와~"(간혹 자매품으로 "좋겠다. 나도 데려가"도 있지만 무의미한 외침에 불과하다).

대포

DSLR 카메라와 망원렌즈로 아이돌 사진을 찍는 팬. 카메라의 압도적인 위용이 흡사 대포를 닮았다 하여 불리기 시작한 이름이다. 전문가 수준으로 찍은 사진들은 팬들과의 공유 및 예비 덕후 영업을 위해 홈페이지와 트위터 등에 업로드된다. 이 같은 팬을 '홈마(팬 홈페이지 마스터)'라 부른다.

대리찍사

아이돌의 각종 행사 스케줄을 따라가 사진을 찍고 데이터를 넘겨준 뒤 작업 비용을 받는 일을 거칠게 부르는 말. 사진의 퀄리티와 장소, 행사 촬영의 난이도에 따라서 가격이 달라진다. 주로 대포들이 제 스케줄이 맞지 않을 때 이들에게 촬영을 의뢰한다.

찍덕

'찍는 덕후'의 줄임말. 대포와 혼용해서 쓰이나 디테일까지 따지고 들면 다소 차이가 있다. 전자가 팬들을 의식하여 보다 전문적인 퀄리티의 결과물을 내놓고 그리하여 팬덤 안에서도 대포를 따르는 무리가 생긴다면, 찍덕은 비전문적인 경우가 많다. 보통 '홈마'이냐 아니냐로 용어의 주체가 갈린다.

안방팬

오프라인 덕질을 하지 않는, 방구석 1열에서 덕질하는 팬을 지칭. 모든 팬덤에서 상당 부분을 차지하는 존재라고 볼 수 있다. 홈마나 오프를 뛰는 커뮤니티가 흘려주는 떡밥을 먹고 굳건히 자리를 지킨다.

버블

SM엔터테인먼트에서 출시한 팬 커뮤니티 플랫폼. 아티스트와 팬이 소통할 수 있도록 만든 유료 서비스로, 아티스트의 메시지를 채팅방에서 1:1로 주고받을 수 있다. 실제 완벽한 쌍방향이라기보다는 내 아이돌의 프라이빗 메시지를 '구독'하는 형태의 서비스에 가깝다. SM의 계열사 '디어유'의 작품이나 플랫폼 서비스인 만큼 다양한 기획사의 케이팝 스타들이 참여하고 있다.

차례

봄바람*
— 내 인생의 한 페이지를 차지한 얼굴들

* 워너원(Wanna One) 정규 1집 '1ⁿ=1(POWER OF DESTINY)' 타이틀곡.

어느 봄날: 베를린과 투표

2017년 봄, 나는 베를린에 있었다. 탄핵 정국을 지나 이른바 '벚꽃 대선'을 앞둔 5월이었다. 다니던 직장을 그만둔 뒤 베를린행 비행기 티켓을 끊은 것 다음으로 나를 설레게 만든 일은 바로 '국외부재자투표' 신청이었다. 독일대사관 1층 대회의실에서 제19대 대통령선거 투표를 마친 날. 믿을 수 없이 화창했던 베를린의 하늘을 기억한다. 4월에도 함박눈이 내리는 도시였기 때문에, 5월의 맑은 아침이 감격스럽기까지 했다. 햇살 눈부신 날에도 어둠은 빛을 이길 수 없음을 거듭 곱씹어야 했던 3년이었으므로, 기도하는 마음으로 투표용지에 도장을 찍었더랬다.

그 무렵 한국에서는 대선이 끝나기가 무섭게 '일부 국민'들의 심장을 뛰게 만든 또 다른 투표가 기다리고 있었으니, 바로 〈프로듀스 101〉 시즌2의 등장이었다. 이 영리한(이라 쓰고 '환장할'이라 읽는다) 프로그램은 일찍이 **덕후**와 **머글**들에게 '국민 프로듀서(이하 국프)'라는 희한한 직함을 달아주었고, 걸그룹 아이오아이(I.O.I)가 성공을 거둔 지 꼬박 1년 만에 "당신의 소년에게 투표해주세요!"라는 캐치프레이즈를 내걸었다. 이에 국프들은 다시금 전투적인 선거운동으로 화답했다.

시즌2에서도 101명의 연습생 중 오직 열한 명에게만 데뷔의 기회가 주어지는 포맷이 유지되었으므로, 거의 매회 베네핏을 건 서바이벌과 방출이 반복될 수밖에 없었다. 팬들 사이에서는 '내 새끼'들을 데뷔조에 들게 하기 위해 여느 거대 정당 선거캠프 못지않은 화력이 동원되었음은 물론이다. 데뷔를 결정짓는 생방송 무대가 가까워질수록 국프들은 매주 최소 지방선거를 치르는 기분이지 않았을까 짐작해본다.

이 광경을 열 발자국쯤 떨어진 베를린에서 지켜보는 일은 그저 평화롭기만 했다. 나는 주요 연습생들의 얼굴과 이름은 물론, 누가 데뷔권인지조차 제대로 인지하지 못했으니까. 이따금씩 포털사이트 실시간 검색어나 연예 기사에 오르내리는 소식으로만 국프라는 극한 직업을 체감할 따름이었다. 16년 지기이자 나의 가장 오랜 **덕질메이트**인 S는 그걸 두고두고 아쉬워했다. "한국 언제 와?" "네가 이걸 같이 달렸어야 하는데!" "OO한테 투표 좀 해주면 안 돼?" "아, 너 외국이라 문자 못 보내겠구나." 그렇게 탄식하면서.

그 당시 나는 베를린 여행 중이라는 특수성이 아니라도 먹고사는 게 바빠 '본진'을 둔 덕질로부터 멀어진 지 한참이었다. 학창 시절 온 마음을 내준 오빠들을 의리로 응원하는 수준의 덕질을 이어가며 꺼질 듯 꺼지지 않는 **덕력**에 심폐소생술을 하고 있었달까. 물론 새로이 탄생하는 아이돌 그룹들을 틈틈이 흐뭇하게 주시하면서 말이다.

이를테면 god의 완전체 재결합 소식에 서울 콘서트 한 번, 지방 콘서트 한 번 가는 정도로. 바람 잘 날 없는 동방신기의 안위를 모니터 뒤에서 쓸쓸하게 걱정하는 정도로. 슈퍼주니어가 아직도 앨범을 내고 있네? 그렇담 트랙을 거르지 않고 일단 한 번 빠짐없이 들어주는 정도로 말이다. 그러다가 맞아, 그때 우리 오빠들 노래가 참 좋았지, 추억하며 갑자기 플레이리스트가 슈퍼주니어의 숨은 명곡들로 채워지는 것이다. 내친김에 동방신기 희대의 명반인 2집과 3집도, 내 맘속 영원한 국민가수 god의 앨범엔 버릴 곡이 하나도 없으니 1집부터 최소 6집까지 모조리 집어넣고 나면… 때 아닌 **덕뿅**이 차오르고 만다.

그 시절 내가 좋아했던 오빠들은 모두 내 인생의 한 페이지가 되었다. 노래가 재생되면 멀리서 빛나고 반짝이는 사람들을 좇던 그때의 내 모습도 함께 따라온다. 멜로디 사이사이 끼어드는 나에게서 근심없는 행복이 느껴진다.

스물여덟, 삶의 다른 가능성을 찾아보고 싶어

베를린에서 외톨이를 자처한 봄날은 꼭 이와 정반대의 심정이었다. 다른 누구도 아닌 나 자신과 잘 지내보려 무던히도 애썼지만 좀처럼 스스로를 정면으로 마주 볼 수 없었던 그때. 내게 남아 있는 사랑을 확인할 길 없어 오래된 노래만 듣고 또 들었던 그때.

친구가 투표했던 소년은 아쉽게도 데뷔조에 들지 못했고, 야심차게 세워졌던 아이돌들의 선거캠프는 하나둘씩 철수하기 시작했다. 도망치듯 시작된 내 장기 여행도 그즈음 쓸쓸히 막을 내렸다. 그러나 한국으로 돌아와 시차 적응이 끝나갈 무렵 나는 다시금 내 인생의 한 페이지를 차지할 얼굴을 발견하게 되었다. 바로 국프들이 탄생시킨 보이그룹, 워너원의 열한 명 소년 중에서 말이다.

다시 생각해도 역대급으로 어이없는 **입덕**이었다. 무릇의 **덕통사고**가 다 그렇다고는 하지만 라면을 먹으며 〈너의 목소리가 보여〉 재방송을 보다가 생경한 얼굴이 박장대소하는 장면에서 심장이 내려앉을 줄은 몰랐다. 안경이 잘 어울리네… 중얼거리다가, 웃는 모습이 해사하다고 생각하다가, 멘트를 못 쳐서 자꾸만 그 잘난 얼굴이 화면 밖으로 나가버리는 게 안타까울 즈음, 기어이 그날 착장으로 찍은 사진들을 검색하고 말았다. 나의 라이관린*(이하 린린**) 덕질은 그렇게 시작됐다.

당시의 나는 때마침(?) 대만 남자와 연애 중이었으므로, 다른 누구도 아닌 린린이에게 빠진 것이 운명처럼 느껴졌다. 내 **현생**과 **덕생** 모두를 차지한 두 대만인들로 마음을 부지런히 살찌운 시기였다. 베를린에서 돌아온 뒤에 그토록 바랐던 직군으로 입사했건만, 무릇 회사가 그러하듯 기대보다 실망스러웠고 다만 매일 아침 디지털미디어시티역 5-3 플랫폼에서 합정 방면으로 환승 열차를 기다리는 동안 마주하는 워너원의 치킨 광고로 출근길을 버티곤 했다. 따사로

---

* 2017년 〈프로듀스 101〉 시즌2에 참여했을 당시 6개월 차 병아리 연습생(큐브엔터테인먼트 소속)이었던, 대만에서 온 17세 소년. 최종 순위 발표식에서 7위를 기록하며 워너원의 막내 멤버가 되었다. 워너원 활동 종료 후 같은 소속사 보이그룹 '펜타곤'의 멤버 우석과 함께 유닛을 결성, 미니앨범 '9801'로 활동하였다. 현재는 중국에 기반을 둔 방송 활동에 매진하고 있으며, 드라마 〈첫사랑의 멜로디(초연나건소사初恋那件小事)〉, 〈내 공부를 방해할 생각 마(별상타요오아학습別想打扰我学习)〉에서 주연을 맡았다.

** 라이관린 본인이 제일 좋아하는 애칭 중 하나. 중화권에서는 애칭을 지을 때 이름의 한 글자(보통은 끝 글자)를 두 번 반복해 귀여운 어감으로 부른다.

운 9월, 사무실 바로 옆 건물의 카페에서 린린이의 **생일카페**가 열렸을 때의 기쁨은 또 어땠는지.

해가 바뀌고, 린린에게 입덕했던 봄이 다시 돌아왔다. 그사이 프로젝트 그룹으로서 끝이 예고돼 있던 워너원의 마지막 활동이 마무리되었다. 뒤숭숭한 겨울을 지나 예고 없는 기다림 끝에 맞이한 봄이었다. 나는 또 한 번 퇴사를 했고, 개인 활동을 시작한 린린과 관련된 행사에 족족 응모하며 잉여 시간을 때우고 있었다.

어느새 초봄: 판교 가는 기분
출근 시간이 30분 정도 지난 금요일 아침. 지하철 플랫폼은 살짝 한산해졌지만, 출근길 직장인들이 밀집돼 있던 자리에는 그들에게 묻어 있던 피로가 몇 줌 남아 있는 듯하다. 앉아 갈 가능성이 높은 머리칸 쪽으로 걸음을 옮기며 늘어지게 하품을 하다 겸연쩍은 기분에 입을 닫는다. 프리랜서인 나로서는 깨어 있기엔 여전히 이른 시각. 고작 옷 한 벌을, 심지어 열네 살 이후로는 거들떠도 안 본 브랜드의 옷을 사겠다고 부지런을 떨었다.

린린이 광고하는 의류 브랜드에서 사인회를 연다는 소식에 구체적인 공지가 뜨기 전부터 설렜던 나였다. 반드시 판교점에 입점한 매장 영수증으로만 사인회 응모를 할 수 있다는 조건에 이내 탄식하고 말았지만. 일산 주민에게 판교라니. 꼭 한국과 대만만큼의 거리처럼 가까운 듯 멀게 느껴졌다. 하지만 내가 뭔 힘이 있나…. 판교보다 더한 곳이라도 갈 수밖에. 이런 덕후의 자조는 사실 내 최애를 위해서라면 다른 건 아무래도 다 괜찮다는 덕력 맥스의 상태라는 뜻일 테다. 잔잔했던 삶을 불쑥 비집고 들어오는, 아름답고 매력적인 이에게 계속 지고 마는, 자신으로 하여금 자꾸만 무리한 요구를 받들게 하는, 가장 무력한 상태이면서 가장 생생하게 스위치가 켜져 있는 상태. 나는 종종 이런 상태에 빠진다.

갈 길이 멀지만 차분히 눈을 붙이기가 어렵다. 한 정거장 한 정거장 지나가기가 무섭게 조바심이 난다. 불규칙적으로 뛰는 심장이 자꾸만 아래로, 아래로 내려가는 기분이다. 린린을 향한 마음들이 몸 어딘가에서 소리를 지르느라 꼭 배탈이 날 것만 같다. 와중에 검색을 통해 '판교(板桥)'가 애인의 거주지인 '반치아오'와 같은 지명이라는 사실을 알게 됐다. 이내 린린이 그곳으로부터 멀지 않은 지역에서 살았다는 것까지(린린이 졸업한 중학교 체육복을 입고 그가 즐겨 갔다는 식당에서 파니니를 먹는 '린린투어'를 하겠다는 나의 야심찬 계획은 아쉽게도 이뤄지지 못했다).

지금 린린은 어디에서 뭘 하고 있을까? 걔가 SNS를 느슨하게 관리하는 건 좋은데, 공식 팬카페에 마저 발길이 뜸한 건 좀 서운하다. 게다가 입덕 부정기를 오래 갖느라 이제야 팬카페에 가입한 나는 아직 준회원이어서 특정 스케줄은 열람조차 할 수 없으니, 여간 답답한 게 아니다.

이럴 땐 나 대신 아주 열렬히 덕질하는 네임드 계정들을 팔로우해두면 좋다. 덕분에 오늘은 린린이 말레이시아에서 섬유유연제 CF를 찍었다는 사실을 알게 됐으니까. 몇몇 피드에 동시다발적으로 올라온 동영상 속에서 린린은 흰 담요를 뒤집어쓰고 얼굴을 빼꼼 내밀고 있었다. 어휴, 소리 지를 뻔한 걸 겨우 참았네. 팬들 사이에서 유명한—어린 시절의 린린이 담요를 두르고 있는—그 짤을 본인도 알고 있었구나. 이런 순간엔 린린과 우리 사이에 가느다란 연결고리가 생긴 것만 같다.

영캐주얼 매장을 통틀어서 손님이라곤 나뿐이

었다. 오직 청바지 구매만이 복적이라는 듯, 점원에게 허리와 허벅지 치수의 불균형까지 공유하며 두 벌의 청바지를 추천받은 나는 그의 안내에 따라 피팅룸으로 이동했다. 점원은 다행히 솔직한 눈을 갖고 있었고, 내가 봐도 괜찮은 쪽을 골라준 덕분에 안심하며 카드를 꺼냈다. 카운터에는 린린의 얼굴이 프린트된 아크릴 응모함이 놓여 있었다. 이제 지금까지 유지한 포커페이스가 무용해지는 말을 해야 할 타이밍이다. 그런데,

"응모권 드릴까요?"

라이관린의 '라' 자도, 하다못해 이벤트 명칭도 생략된 군더더기 없는 한마디. 과연 점원은 마지막까지 프로페셔널했다. 그날, 매장 한구석에서 이름과 번호를 적을 때의 떨림을 아직도 기억한다. 손에 땀이 많은 탓에 행여 글씨가 번질까 어찌나 세심하게 펜을 쥐었던지. 하지만 아직 단 한 장의 응모권도 쌓이지 않은 투명한 박스에 내 몫을 집어넣을 때, 게임은 이미 끝났다는 걸 알고 있었는지 모른다. 내 뒤로 아무렇지 않게 지갑을 열 숱한 덕후들의 존재가 그려졌기 때문이다. 가능한 한 많은 응모권에 이름을 적을수록 당첨 확률도 자연히 높아질 테니까. 결국 간절함에 상응하는 플렉스를 한 자만이 린린과 눈을 맞추

고, 찰나 같은 순간이나마 말을 섞고, 피날레로 하이파이브까지 할 수 있는 거겠지.

1분도 채 안 되는 축제에, 게다가 티켓 수령이 보장돼 있지 않은 축제에 내가 반환되지 않는 예약금으로 지불할 수 있는 비용은 7만 9,000원 정도. 여기에 얼마를 더해야, 아니 몇 배를 곱해야 린린을 만날 수 있는지 가늠조차 되지 않았다. 그저 아직 9개월이나 남은 올해의 운을 여기에 모두 쏟아부어도 좋으니 행운의 여신이 내 편이기를 바랄 뿐이었다. 애초에 내게 운이라는 게 올 예정이었다면 말이다.

회전문을 빠져나오자 초봄의 햇살이 서늘하면서도 따끔하게 쏟아져 내렸다. 그제야 판교역 일대의 생경한 풍경이 눈에 들어왔다. 배가 고파서인지, 묘한 긴장이 풀려서인지 잠시 현기증이 일었다. 목표한 바를 무난히 달성했는데도 뭔가 공허한 기분이었다. 나는 백화점의 고급 브런치를 먹는 대신 청치마 한 장을 더 샀다. 그리고 팬사인회는 떨어졌다.

다시 봄날: 올림픽공원에서

하지만 끝날 때까지 끝난 게 아니었다. 활동을 접기 전 거의 마지막 자리였던 팬미팅에서 취소표를 건지고 마침내 린린을 눈앞(그보단 멀리 실은 좀 디, 이니 아주 멀리)에서 보았으니까. 취소표가 대개 그렇듯 좋은 자리는 아니었으므로, 면봉보다 조금 큰 사이즈의 린린을 감상하는 걸로 만족해야 했지만.

물론 팬미팅은 즐거웠다. 린린의 어설픈 한국어도, 수준급은 아니지만 얼마나 애썼을지 느껴지는 노래와 춤도 **덕후 렌즈**가 장착된 내 눈엔 마냥 귀엽고 장하게만 보였다. 무대 위에서의 허술함과는 별개로 멀리서 보이는 린린이 시종일관 빛났으므로, 정성스레 쓴 편지를 읽고 동경하는 선배와 스페셜 무대를 꾸미고 팬들과 게임을 하며 해맑게 웃고 있었으므로. 그 미소를 함께 나누는 걸로 충분했다. 사실 그 모든 게 내게 썩 충분하지 않아도 괜찮았을 것이다. 팬미팅 이후에 약속돼 있는 **_하이터치_**야말로 이날의 진짜 하이라이트가 될 것이기 때문이었다.

오랜 기다림 끝에 린린이 조금씩 모습을 드러냈다. 편안한 복장에 검은 볼캡을 쓴 린린은 분명 워너원 중에서도 최장신이었지만 그 순간만은 갑자기 확 어린 티가 났다. 손뼉을 짝! 하고 부딪히는, 경쾌하고도 산뜻한 하이터치를 예상했지만 막상 내 순서가 다가올수록 나도 모르게 린린이 감당해야 할 수고로움이랄까, 그가 느낄 피곤부터 상상하게 됐다. 가까이서 린린을 보고 싶은 동시에, 그대로 줄에서 이탈하고도 싶었다. 별안간 좁혀진 아이돌과의 물리적인 거리감에 나는 촌스럽게도 체하는 기분이 들었다. 오랜 방구석 덕후가 준비운동 없이 오프라인 덕질을 하면 생기는 부작용이었을까.

계절이 지나가는 동안 이따금씩 린린의 커다란 손, 건조했지만 따뜻했던 손바닥을 떠올렸지만 기억을 거듭할수록 씁쓸한 감상만이 더해질 뿐이었다.

그리고 여름: 덕질의 회전목마

탈덕을 했다. 헤어진 연인의 험담은 되도록 하지 않는 게 좋듯 탈덕의 이유도 굳이 밝힐 필요는 없겠다. 왜 마음이 식었는지를 설명하다 보면 얼마큼 좋아했는지 필연적으로 고백할 수밖에 없기 때문이다. 속상하게.

덕질과 연애는 물론 전혀 다른 형태의 사랑이지만, 누군가를 오랫동안(때로는 어떤 연애보다도 장수하며) 열렬히 좋아했다는 점에서 어쩔 수 없이 나를 설명하는 하나의 장치가 돼버린다. 그러니 아무런 사건사고 없이 은은하게 나이 드는 '(구)최애'들을 보고 있노라면(물론 반대의 경우도 수두룩하다) 아름다운 이별이란 이런 거구나, 싶은 것이다. 덕후에게는 "맞다, 너 그때 걔 만났었잖아"보다, "그때? 네가 XX에서 XX 좋아했을 때?ㅋㅋ"가 몇 배로 더 수치스러운 법이니까. 나는 관린이가 꼭 전자의 경우로 남아주기를 바라 마지않는다.

또한 '아이돌판(이하 돌판)'에는 예로부터 내려오는 유명한 잠언이 하나 있다. "**휴덕**은 있되, 탈덕은 없다"는 말. 지금 내 마음도 꼭 그렇다. 나 역시 관린이의 오피셜 SNS 계정과 그를 가장 성실하게 덕질하고 있는 네임드 블로거 한 명만은 끝내 '언팔'하지 않고 있으니까. 새로 찍은 드라마의 반응은 어떤지, 가끔씩은 좋아하는 농구를 즐길 만큼의 여유를 갖는지, 한국 활동 재개는 언제쯤 가능할는지…. 관린이의 안부를 느슨하게 묻곤 한다. 사춘기처럼 몰아친 이십대 후반의 소용돌이에서 빠져나올 때, 뜻밖의 에어백이 되어준 관린이를 향한 내 마지막 인사는 삼십대가 된 지금도 현재진행형이다.

2020년 어느 날의 여름, 지하철을 기다리는 내가 보인다. 토독토독. 친구에 카톡을 보낸다.

—오랜만에 강남까지 갈 생각하니 벌써 허리 아프다.

이윽고 돌아온 대답.

─너네 애들 노래 듣다 보면 금방일걸?

오, 현명한데? 실은 이미 집을 나선 순간부터 에어팟에선 한 그룹의 노래만 반복 재생되고 있는 중이다. 스크린도어에 비친 제 모습을 보며 실없이 웃고 있는 여자에게 이렇게 묻고 싶다.

'또 사랑에 빠져버린 거니?'

여자는 대답 대신 무언가 좋아죽겠다는 듯한 표정을 짓는다. 마스크 위로 찡그리듯 웃는 눈과 미간이 말해준다. 노래가 클라이맥스로 치닫고 있는 것이다. 그들은 자꾸만 더 높은 '신세계'*로 간다고 외친다. 그 신세계, 나도 좀 데려가주라.

---

*   엠넷 서바이벌 프로그램 〈로드 투 킹덤〉의 마지막 라운드에서 보이그룹 '온앤오프(ONF)'가 생방송 경연곡으로 선보인 노래, 신세계(New World).

하늘색 풍선*
— 네가 있어야 할 곳은 여기야

*   god 정규 3집 'Chapter3' 수록곡.

풍선, 그 시절 우리의 숨결로 부풀었던

메신저 창이나 인스타그램 피드에서 신나는 기분을 표현하고 싶을 때 나는 종종 풍선 이모티콘을 누른다. 마음이 들떠 휘파람이라도 불고 싶은 날에 어울리는 아이콘이다. 풍선을 감은 실이 날아갈 듯 휘어 있는 모양이라 꼭 마음에 든다. 그런데 풍선이 빨강색으로만 제공되는 건 좀 아쉽다. 사람이 묘사된 이모티콘의 얼굴을 꾹 누르면 다양한 피부색이 나열되듯, 풍선도 최소 일곱 빛깔 무지개색이 옵션으로 더해진다면 좋을 텐데.

1, 2세대 아이돌 팬덤에 소속된 적 있는 사람이라면 한 번쯤은 나와 같은 생각을 해봤겠지. 세상에는 풍선 아이콘을 누르며 한때 우리가 목숨처럼 지켰던 색깔을 떠올리는 사람이 있다. 궁금하다. 당신에게도 한 시절을 추억하게 만드는 색깔이 있을까?

대한민국에서 데뷔하는 아이돌이라면 으레 고유한 색깔을 부여받기 마련이다. 이 '공식 색'은 곧 응원 도구를 비롯해 다양한 굿즈의 분위기를 좌우하는 메인 컬러를 담당하면서 그룹의 정체성을 시각적으로 대변하는 역할을 한다. 요즘처럼 각 그룹의 콘셉트를 적극 구현한, 거의 예술 작품에 가까운 고퀄리티 응원봉은 상상조차 못 했던 시절. 그러니까 1990년대 후반부터 2000년대 중반 사이에 활동한 아이돌 덕후에게 풍선은 절대적인 응원 도구였다. (손가락 한 뼘 반만 한, 투박하고 밋밋한 야광봉도 있었으나 역시 응원은 그룹명이 새겨진 풍선의 꼭지를 잡고 흔들어줘야 제맛이다. 너무 세차게 흔든 나머지 놓쳐 날아가버리면 잽싸게 여분의 풍선을 꺼내 불어 빈손을 채워주는 쫄깃함이란….)

나의 첫 아이돌에게 부여된 색깔은 하늘색이다. 내 십대를 처음 물들였던 색깔이란 소리다. 그리고 동년배 독자라면 이미 제목에서부터 알아챘겠지. 하늘색 풍선의 주인공이 1세대 아이돌 계보에 남다른 궤적을 남긴 그룹 god란 것을. 아이돌 최초—이자 전무후무—로 '국민가수' 타이틀을 달았던(아직도 내 안에 이 수식어에 대한 자부심이 남아 있다는 게 조금 웃긴다) 바로 그 god! 유년기의 어떤 경험은 너무도 강렬해서 짧은 추억만으로도 삽시간에 현실을 장악한다.

때는 1999년, 초등학교 3학년이 되던 해. 나의 덕질 역사는 god로부터 쓰이기 시작한다. 워낙 어린 나이였으므로 덕통사고의 현장을 구체적으로 기억할 순 없지만 god를 데뷔 때부터 좋아했던 것만은 확실하다. 어떻게 장담할 수 있냐면, 내 머릿속에 이런 장면이 남아 있기 때문이다.

운이 좋게도 TV를 선점한 10세 혜은은 음악방송에서 어서 빨리 god가 등장하기만을 기다리고 있다. 심드렁한 표정으로 소파에 누워 있는 아빠가 불쑥 리모컨을 가로챌까 조마조마해하면서. 아니나 다를까, 아빠는 당신으로서는 도무지 알아들을 수 없는 무대들을 감당하다 내 쪽으로 슬쩍 손을 뻗으며 한마디 한다.

"뭐 쓸데없는 걸 보고 있냐."

때마침 god를 소개하는 MC의 목소리가 들려오고, 다급해진 나는 외친다.

"아 잠깐만, 지금 나오는 노래는 달라! 제목 봐! '어머님께'잖아!"

제목에서부터 K-효심을 마구 자극하는 〈어머님께〉는 god의 데뷔곡이다. "어머니, 보고 싶어요"라고 읊조리는 데니의 내레이션으로 시작해 공손하게 허리를 굽혀 바운스를 넣는 다섯 남자가 보인다. 들려오는 가사에 모자간의 애절한 서사가 디테일하게 스토리텔링된 덕분일까(아니면 어린 딸의 기세에 기가 찬 탓일까), 아빠는 잠시 차분해진다(벙찐다). 기억 속에서 나는 노래의 화룡점정을 찍는 애절한 후렴

구, "야-이 야아-이야-"를 기다렸다는 듯 따라 부른
다. 리모컨을 마이크 삼아 두 손에 꼭 쥔 채로. 열 살
의 나는 이미 '팬지오디(god 팬덤명, 이하 팬지)'였
던 것이다.

　이어지는 덕질의 기억들도 하나같이 당돌한 구
석이 있다. 만족스러운 덕질엔 어느 정도 '현질'이 필
요하다는 걸 처음으로 깨달은 순간을 돌이켜 보자.
　2000년, god가 3집 앨범을 발매하고 공전의 히
트곡 〈거짓말〉과 후속곡 〈네가 필요해〉로 공중파 3사
음악방송의 1위를 싹쓸이하기 바쁘던 그해 겨울. 앨
범 판매 200만 장을 달성하는 오빠들의 성공 가도를
지켜보며 덩달아 고무적인 기분에 휩싸인 나는 뭐라
도 해야 한다는 심정이었을 것이다. 공개방송을 따라
다니기엔 방법을 몰랐고, 무엇보다 나이가 턱없이 어
렸지만 방구석 1열이라도 왠지 플래카드 하나쯤은 있
어야 할 것 같았던 11세의 혜은. 팬 커뮤니티의 '자랑
방'에서 눈여겨본, 손재주 좋은 언니에게 쪽지를 보
내 플래카드 제작을 의뢰하기로 결심한다.
　―계좌이체 가능하신 거죠?
　아뿔싸. 엄마에게 솔직하게 털어놓고 안전한 이
체를 부탁하는 것은 보나마나 실패로 돌아갈 텐데.

하지만 이미 돈 쓸 준비가 된 덕후 꿈나무는 물러나지 않는다. 마저 짱구를 굴릴 뿐이다.

　—우편으로는 안 될까요?

　나는 싱크대 옆 수납장 맨 위 칸에 경조사에 쓰이는 흰 봉투가 있다는 것을 기억해낸다. 봉투에 용돈으로 모아둔 6,000원을, 비쳐 보이지 않도록 노트 한 장을 찢어 잘 감싸(이런 기지는 어디서 왔을까? 그저 덕력의 힘이랄 수밖에) 넣어 언니에게 부친다. 언니로서도 나로서도 서로의 양심과 우체부의 실수 없음을 믿어야 하는 상황. 모쪼록 이 돈과 그녀의 소포가 증발되지 않기를 바라며 나는 빨간 우체통에 봉투를 밀어 넣었다(그때나 지금이나 현금은 우편 발송 금지 목록에 있다. 죄송합니다, 한국우편집중국 관계자 분들). 그리고 며칠이 지났을까, 우편함엔 기다랗고 납작한 종이 꾸러미가 꽂혀 있었고, 그것을 엄마보다 먼저 발견한 것은 내겐 작은 기적이었다. 나는 포장을 뜯으며 혹시라도 언니가 '먹튀'할까 봐 잠시나마 걱정했던 스스로를 반성했다.

　검은색 바탕에 하늘색으로 새겨진 '♥해피모드 데니♥'는 산돌광수체를 빼닮은 폰트까지 완벽했다. 미세한 기포 하나 없이 아크릴 비닐로 깔끔하게 감싼 마감은 또 어떻고. 나는 책상에 그 플래카드를 세워

두며 흐뭇해했다. 왜인지 종종 학교에 가져갔던 기억도 있다. 이후 방 청소를 하던 엄마가 그것을 발견하고는 어디서 났느냐고(손재주라곤 없는 딸이 직접 만들었을 리 만무했으므로) 추궁했을 때, 친구가 만들어 줬다고 시치미를 뗐지만 엄마는 아마 반쯤은 그냥 속아준 것 같다.

이후로도 초딩 혜은은 같은 방식으로 꽤 겁 없이 돈을 썼다. 공식 팬클럽만이 가질 수 있는 여러 굿즈들과 팬카드를 비공식 루트로 사들였다(이럴 거면 그냥 가입을 하지!). 그로부터 20여 년이 지나, 본가 화장실에서 팬지 3기 굿즈였던 god 수건을 발견했을 때의 놀라움이란. 면도 닳고 색도 바랬지만, 까슬까슬한 올 사이로 여전히 또렷하게 도드라져 있는 god를 반갑게 펼쳐 들고서 잠시 어린 마음이 되었다. 그리고 당시의 내가 그러했듯 차마 아까워 제대로 쓰지도 못하고 그대로 접어두었지.

그 수건이 아직 보송보송했을 때, 딱 한 번 내 목에 둘러진 적이 있다. 한 손엔 플래카드를, 남은 한 손엔 하늘색 풍선을 쥐고서. 그렇게 내 생애 첫 굿즈들이 옹기종기 모여 바깥 공기를 쐰 봄날.

드림콘서트, 푸른 종소리로 가득했던

2002년 4월 20일에 열린 제8회 드림콘서트를 어떻게 잊을 수 있을까. 6만 석 중 약 3만 5,000석을 차지한 하늘색 물결 틈에 나와 내 친구들이 있었다. 최종 무대 세팅과 리허설에 소요되는 기나긴 대기 시간도 지루하지 않았다. 이미 객석에서는 우리들만의 작은 콘서트가 한창이었으니까. 어느 무리로부턴가 〈사랑해 그리고 기억해〉를 합창하는 목소리가 나오면 금세 웅장한 떼창이 되어 서울올림픽주경기장을 에워 쌌다. 우리는 한 줄의 랩도 빼놓지 않고 일제히 따라 불렀고 노래는 〈애수〉로, 〈거짓말〉로, 〈하늘색 풍선〉으로 이어지기를 반복했다.

한바탕 떼창 타임이 지나가자 콘서트는 시작도 안 했는데 목이 칼칼해졌다. 친구들과 물 한 병을 돌려 마시는데 기분 좋은 뻐근함이 밀려왔다. 어느새 경기장 위 하늘은 노을로 물들기 시작했다. 멀리서부터 수만 갈래의 바람이 불어와 땀에 전 앞머리를 스치더니 가만히 손에 쥔 풍선도 살짝 흔들어놓았다. 앞뒤 좌우를 둘러봐도 하늘색 풍선뿐인 풍경이 생경하게 느껴져 나는 잠시 황홀했을까. 단지 상상이라면 이토록 생생할 리 없으니 틀림없이 그랬을 것이다.

내내 잠잠하던 스크린에 번쩍, 불이 켜졌다. 그

와 거의 동시에, 스피커의 볼륨을 한 번에 높이듯 터져 나오는 팬들의 함성, 함성, 함성…. 사방에서 쏟아지는 외침에 귀가 잠시 먹먹해졌지만 가슴은 오래 벅차올랐다. 3층 객석에서 내려다본 무대 위 오빠들이 면봉은 고사하고 거의 인영에 불과한 형체 같아 흠칫하는 것도 잠시, 스크린을 가득 채운 얼굴이 손을 뻗으면 닿을 듯 가까웠으므로 나는 오빠들이 참으로 그곳에 있음을 확인했다. 이윽고 흘러나오는 〈거짓말〉의 전주. 더는 사사로운 감상에 젖을 틈이 없었다.

목에서 피 맛이 느껴질 정도로 혼신의 응원을 다하는데 스크린이 돌연 객석을 비췄다. 어둑해진 저녁에도 하늘색 풍선들이 선명했다. 그 엄청난 응집력, 균일하게 물결치는 움직임, 오직 한 곳으로만 직진하는 사랑, 사랑, 사랑…. 이 모든 것을 제3자의 눈으로바라본 순간 나도 모르게 잠깐 오빠들을 잊었다.

내게 플래카드를 만들어준 그 언니도 이곳에 있을까? 우리가 혹시 같은 구역에 있지는 않을까? 그 언니의 닉네임엔 계상 오빠가 들어가 있었는데 플래카드에도 같은 문구가 새겨져 있을까? 사방이 온통 하늘색 풍선뿐인 객석을 둘러보며 나는 끝없는 충만함에 문득 울음이 터질 것만 같았다. 너무 기뻐도 서글플 수 있는 걸까. 그 감정이 낯설어 플래카드와 풍선을 든 손을 더 높이 뻗어 흔들었다. 오빠들은 아직 열렬히 노래 중이었다. "네가 있어야 할 곳은 여기야 아아"라고.

그날 나는 예감했다. 이 순간을 오래 갈망하게 될 거라고. 몇 번이고 반복해도 채워지지 않는 그리움이 될 거라고. 콘서트의 맛을 알아버린 그해 여름, 나는 엄마를 조르고 졸라 생일 선물로 '100회 콘서트'* 중 기어이 하루를 참석하고 만다. 팬심이 두터워진 만큼 훌쩍 자란 열세 살이었다.

---

* 정식 명칭은 '100회 휴먼 콘서트'. 2002년 7월 11일부터 2003년 3월 30일까지 정동팝콘하우스에서 진행되었다. 100가지의 서로 다른 테마로 기획되었으며, 멤버들의 건강을 염려한 팬들의 원성이 컸지만 결국 전 회 차 매진 기록을 세우며 god 커리어에 큰 획을 장식한 프로젝트로 남았다. 콘서트 중 해가 바뀌고 새 앨범(5집)이 발매되는 진풍경이 그려졌으며, 한 장소에서 가장 많이 치뤄진 공연으로 국내 기네스북에 올라가 있다.

하늘색 약속*
— 그 많던 하늘색은 어디로 갔을까

*   god 정규 8집 'Chapter8' 수록곡.

'팬지'가 된 이후부터 나는 하늘색 빌런이 되었다. 학용품부터 옷과 신발, 무엇이든 새것을 고를 일이 있을 때면 하늘색을 고집했다. 초등학교를 졸업하고 중학생이 되었을 때에도 하늘색을 향한 광기는 여전했다. 입학식에 앞서 교복 코트를 구매하던 날, 나는 당당히 하늘색 떡볶이 코트를 가리켰다. 검은색이나 회색 코트에 비해 좀 더 비싼 건 둘째 치고, 전교에서 하늘색 코트를 입고 등교하는 사람이 나뿐일지도 모른다는 생각은 전혀 하지 못했다. 그저 기다란 단추를 꿰면서 단추 고리까지 하늘색으로 코팅된 것에 어찌나 만족했던지. 하지만 그 옷은 3일도 채 못 입고 학주에게 걸려 옷장에 처박히게 된다. 하늘색 백팩은 되는데 코트는 안 되는 교칙을 이해할 수 없었고, 나는 다른 아이들처럼 코트를 새로 사는 대신 차라리 코트를 안 입는 편을 택했다.

그게 시작이었을까? 내 생활 반경에서 하늘색이 조금씩 사라지기 시작한 게. 내 명찰은 가끔 잊어 벌점을 먹었어도 가방에는 늘 주렁주렁 매달고 다니던, 멤버들의 이름이 새겨진 하늘색 명찰을 어느 날 나는 스스로 떼었다. 밋밋해진 백팩이 쓸쓸해 보였지만 나는 명찰들을 미련 없이 작은 상자에 넣었다. 얼마 후 무엇도 찔러 넣거나 매달 수 없는 재질의 검은 가죽

가방을 멨다. 생일 선물로 신발을 사준다는 엄마의 말에는 컨버스를 골랐다. 이 또한 검은색에 가까운, 단정한 남색으로. 내게서 벗어난 하늘색을 모아둔 상자는 점점 더 커져갔다.

그해 겨울, 멤버 윤계상이 god를 떠났다. 혼돈 속에 빠진 팬들을 달래듯 이듬해 같은 계절, 4명의 god로 정규 6집 〈보통날〉이 나왔다. god는 1999년 'Chapter1'으로 데뷔한 이래 앨범명에 어떤 부제도 없이 숫자만 바꿔가며 5집까지 발매해왔다. 공교롭게도 4명으로 활동하게 된 6집에 처음으로 'Chapter' 시리즈가 아닌 이름이 붙여진 것이다. '5-1=4'가 아닌 '5-1=0' 공식이 익숙한 시절이었지만 2004년에도 나는 물론 팬지였다. 소신 발언을 하자면, god의 역대 타이틀곡 중에서 〈보통날〉만큼 세련된 노래도 없다고 생각한다. 오랜 팬들에게 잔인하리만치 근사한 노래였다.

다시 또 1년이 지나 2005년 10월, 정규 7집 〈하늘속으로〉가 나왔다. 혼돈 후 쓸쓸한 인정이 어느 정도 자리 잡기가 무섭게 그해 가을 연예 기사는 'god, 잠정적 해체'라는 헤드라인으로 빼곡했다. 멤버들은 입을 모아 "오랫동안 god를 못 볼 테지만 해체는 아니다"라고 말했다. 그 무렵 중학교 졸업을 앞둔 나는 많은 것들에 충분히 회의적이었다. 솔직히 말하면, 친한 친구들과 같은 고등학교를 갈 수 있을지 없을지가 더 중요했다. god도, 친구도 지금은 이대로 헤어지지만 예전처럼 다시 볼 수 있다는 말을 나는 믿지 않았다.

사실 god가 격변의 시간을 겪는 동안 나는 이미 2세대 아이돌에게 속수무책으로 마음을 빼앗긴 상태였다. 그런데도 7집 후속곡이자 '잠정적' 마지막 활동곡 〈하늘속으로〉를 들으면 꼭 눈물이 났다. 고마웠어요, 행복했어요. 모든 가사가 과거형이었다. 하늘색 풍선 그 예쁜 마음을 항상 지켜줄 거라더니, 결국 하나 둘 셋 하면 동시에 돌아서자고 노래하다니. 나는 염치도 없이 배신감이 들었다. 그러니까 2005년에도 나는 팬지였다.

2014년 7월, god 8집 'Chapter8'이 발매됐다. 멤버 윤계상이 다시 합류한, 12년 만에 완전체로 컴백하는 앨범이었다. 닫혀 있던 책장이 바람에 차르륵 넘어가듯 앨범명이 다시금 'Chapter' 시리즈로 돌아왔다. 오해와 이해와 사랑의 인과를 확인하기 이전에 그저 반가운 마음뿐이었다. 그가 돌아왔고, 정말 그것뿐이면 됐다. 얼마나 머물지를 생각하는 것조차 사치였던 기다림이었다. 나도 모르게 그들을 그리워했음을 알았다.

"하늘색 풍선 가득했던 You & Me 오래 기다리게 해서 미안해."

10년 전, 꼭 다시 보자는 그 말을, 나는 결코 믿지 않은 그 약속을 오빠들은 지키고 말았다. 나도 가만히 있을 수는 없었기에 배정된 고등학교가 달랐지만 내 우려와는 달리 여전히 절친인 H와 함께 '피켓팅'에 승리하면서 서울 콘서트와 대구 콘서트를 다녀왔다. 하늘색 운동화를 신고, 하늘색 티셔츠를 입고, 하늘색 머리띠를 걸친 뒤, 하늘색 풍선을 손에 쥐고서. 내 방에 숨어 있던 하늘색을 하나씩 발견할 때마다 물을 잔뜩 머금은 붓으로 하늘색을 칠하듯 마음이 서서히 화창해졌다.

그리고 천연덕스럽게 이런 일기를 남겼더랬지.

내가 그들로 인해, 그들이 우리로 인해 행복해하는 모습을 내내 피부로 느낀 시간. 조금의 거짓도 없는 사랑이 함께했다고 나는 확신할 수 있다. 내게 추억할 시절을 남겨준 것만으로도 참 고마운 사람들이다. 그 추억 속을 같이 걷고자 돌아온 마음이 눈물 나게 소중하다.

2021년 1월 10일, god 데뷔 22주년을 사흘 앞둔 오늘. 여전히 팬지오디의 마음으로 이 글을 썼다.

Hug[*]
— 전체는 부분의 합보다 크다

[*]　동방신기 데뷔 싱글 'Hug' 타이틀곡.

이 책의 원고를 막 쓰기 시작할 무렵, 모 편집자님과의 대화 끝에 이런 말이 나왔다. "제가 사랑한 아이돌(들)에 대해 이야기하는 것만으로도 저를 설명할 수 있겠더라고요." 작업 근황을 나눴을 뿐인데 나도 모르게 비장한 말투가 되어버렸다. 그가 여러모로 거듭 놀라워해서 조금 부끄러웠다. 실은 나도 뱉자마자 스스로에게 놀랐다. 저런 낯간지러운 말이 자연히 나왔다는 데 놀랐다기보다도, 충분히 가능한 말임을 확인하게 돼서 그랬다. 전체는 부분의 합보다 크다고 했던가. 시절마다 마음에 머무는 아이돌들을 저항 없이 사랑한 나는 이제 그들을 하나씩 그러모아 나의 반평생을 증명하고 있으니 말이다.

영화 〈플립〉에는 이런 대사가 나온다.

"풍경 전체를 봐야지. 그림은 그저 풍경을 모아놓은 게 아니야. 소는 그 자체로 소잖아. 초원은 그 자체로 잔디와 꽃이지. 나뭇가지 사이로 비치는 햇살은 그저 빛줄기일 뿐이고. 하지만 모든 게 한데 어우러지면 마법이 되거든."

이 대사를 이렇게 해석할 수도 있겠다. 제각기

다른 아이돌의 팬으로 보낸 시절을 합쳐놓은 결과가 지금의 나인 것이라고. 한창 동방신기를 좋아하던 학창 시절, 나이 차이가 가장 적은 최강창민과 훗날 캠퍼스를 함께 걸을 수 있을지도 모른다는 희망으로 경희대학교 포스트모던학과에 진학하고 싶었던 열여섯의 혜은. 그러나 여차저차 한 사정으로 계획에 없던 문예창작학과에 입학해 신입생 오리엔테이션을 떠나는 버스 안에서 동기들의 대화를 잠자코 듣다 "야, 너네 창피하게 아직도 팬픽 이야기할 거야?"라고 제 뺨이 부어오르는 말을 뱉는 스물의 혜은. 그 둘이 섞여 지금 이 글을 쓰고 있으니, 인생은 과연 짓궂은 마법사가 부려놓은 장난 같기도 하다.

글밥을 먹으며 아등바등 살고 있는 지금, 돌이켜 보면 내 최초의 글밥은 동방신기로부터 시작됐다. 여기서 글밥이란 내 글에 대한 보상으로 받은 금전적 대가를 뜻한다. 동방신기가 남성 아이돌 역사에 길이 남을 데뷔곡 〈Hug〉로 활동을 시작할 무렵부터 나는 노래하는 사람이 되고 싶었지만 안타깝게도 나의 얄궂은 재능은 엉뚱한 곳에서 발견되었다.

때는 중학교 졸업을 앞둔 어느 날. 동방신기가 모델이었던 S교복 브랜드에서 온라인 백일장을 연다는 소식이 공식 팬카페에 공지되었고, 나는 이를 그냥 지나치지 못했다. 상금으로 새 교복과 해당 브랜드가 주최하는 콘서트 티켓이 걸려 있었기 때문이다. 입상할 경우 무려 하복과 체육복을 무료로, 동복은 반값으로 해결할 수 있었다. 단언컨대, 합동 콘서트 티켓보다 매력적인 혜택이었다.

나는 마침 예비 고1이었고, 재킷을 벗어 의자에 걸어놓거나 체육시간에 옷을 갈아입을 때 드러나는 브랜드 태그를 포기할 수 없는 사춘기를 겪고 있던 동시에, 그게 다 거품인 걸 알면서도 부모에게 부담을 주고 있다는 걸 예민하게 자각하는 딸이었으므로. 게다가 그 이벤트로 뭔가를 보여줄 수 있을 것 같았다. 부모님께 내 덕질이 결코 무용하지 않다는 것을 증명할 절호의 기회였다.

무엇보다 내 **덕심**을 글로 써보라는—정확한 문구는 기억나지 않는데 대충 이런 맥락이었다—미션이 꽤 재미있어 보였다. 어렸을 때부터 책 읽기를 좋아하긴 했는데 정작 교내 백일장 대회나 독후감 쓰기엔 심드렁했던 터라 '덕후배 백일장 대회'에 마음이 쉽게 동했던 게 좀 신기하긴 하다. 심지어 잘 쓸 수 있을 것 같은 자신감마저 일었다. 그것은 나도 몰랐던 글짓기 실력을 감지했기 때문이라기보다, 마침내 이 사랑을 고백할 기회가 주어진 자의 기쁨에 가깝지 않았을까. 지금은 사정이 좀 낫나 싶지만 그때만 해도 아이돌 팬이라고 하면 '하라는 공부는 안 하고 연예인이나 쫓아다니는 정신머리 없는 애' 취급을 심심치 않게 받던 때였으므로 이런 명석이 반가웠던 것 같다. 나는 '그래 얼마든지!'라는 심정으로 실컷 떠들어볼 생각이었다.

A4 두 장 정도 되는 분량을 무슨 이야기로 채웠던가. 구구절절하게 보이지 않으려고 꽤나 노력했던 기억이 난다. 내가 왜 그들을 좋아할 수밖에 없는지, 그 불가항력에 대해 최대한 이성적으로 쓰려 했겠지만 그래 봤자 나는 한창 덕질 한가운데에서 황홀경에 빠져 있는 소녀 팬이었다.

그리고 놀랍게도 수상 명단에 내 이름이 있었다. 집 근처 S브랜드 지점에 방문해 교복 교환 티켓을 보여줬을 때 점장님과 주변 아주머니들이 다소 호들갑을 떨며 칭찬해주었다. 엄마는 한술 더 떠 나를 예고에 보냈어야 했다며 가볍게 후회했고 나는 부끄러워하면서도 속으로는 으쓱했다. 하지만 그때까지만 해도 나에겐 실용음악을 전공하면 언젠가는 캠퍼스뿐만 아니라 어디서든 최강창민을 다른 모든 팬들보다 가까이에서 만날 수 있을 거라는 믿음이 있었고,

그러기 위해서는 오빠들의 무대를 쫓기보다 내 무대를 위해 연습할 시간이 좀 더 필요했다. 고민 끝에 콘서트 티켓은 시세보다 싼 가격으로 '카시오페아(동방신기 팬덤명)'에게 팔았다.

두 벌의 교복과 체육복, 그리고 3만 원. 내가 글을 쓰고 얻은 최초의 대가였다. 이 꼭지의 오래된 초고라고도 할 수 있는 그 글이 궁금하다. 아니다, 별로 알고 싶지 않다. 옛날 일기를 읽는 것처럼 필연적으로 웃기고 부끄럽다가 이내 슬퍼질 것이다. 그때의 나라면 동방신기 같은 가수가 되고 싶다고 썼을지도 모른다. 하지만 인생은 언제나 예기치 못한 방향으로 흐른다. 날마다 계획표를 세우고 무슨무슨 날마다 두 손 모아 소원을 빌어도 소용이 없다. 돌아보면 언제나 내 의지보다 강한 운명이 하나씩은 끼어 있기 마련이니까.

그러므로 오늘날 내가 작가가 된 것과 동방신기가 돌연 다섯에서 둘(이다음이 없으리라 장담할 수 없다…)이 되어버린 것도 아주 이상한 일은 아닐 것이다. 나도 더는 이루지 못한 꿈을 아쉬워하거나 빛바랜 시절을 곱씹으며 속상해하지 않는다. 불안해서 부러 더 확신하고 아낄 줄 몰라 유난했던 그때를 가끔 그리워할 뿐이다. 내가 가장 약하고 초라했을 때, 그

것을 잠시 잊게 해준 존재들을 언제까지나 기억하는 것으로 못다 한 사랑을 대신하고 있다. 다시 안 올 날들엔 왜 항상 빚을 진 기분일까. 방구석에 앉아 떠나는 먼 시간 여행은 매번 먹먹해지지만, 때론 이별하는 것이 더 아름답기도 하다고 말해주고선 혼자서 썩썩하게 돌아오곤 한다.

이쯤에서 다시 생각나는 〈플립〉의 대사가 있다.

"밋밋한 사람도 있고 반짝이는 사람도 있고 빛나는 사람도 있지. 하지만 가끔씩은 오색찬란한 사람을 만나. 그럴 땐 어떤 것과도 비교 못 해."

그리고 오랜 추억 속으로 여행을 떠날 때마다 나는 확신한다. 내가 목격한 다섯 명의 시절이야말로 내내 무지개가 뜨는 순간이었다고.

헤어지는 날*
— 끝나지 않은 이야기가 들려올 때

*   슈퍼주니어 정규 6집 'Sexy, Free & Single' 수록곡.

god가 잠정적 해체를 발표하고 동방신기가 흩어져버리는 비극을 목격하는 동안 내 안에는 어떤 상실감 같은 것이 새겨졌다. 부치지 못하는 편지처럼 기약 없이 쌓여가는 마음들을 당시의 나로서는 감당할 재간이 없었고, 별안간 도드라진 내 가수의 이면이랄까 엉성하게 전시되는 사정들 앞에서 좀 막막한 심정이 되었다. 무대를 떠나고자 하는, 떠날 수밖에 없는 상황을 나는 가능한 한 객관적으로 충분히 이해하고 싶었지만 앞다투어 쏟아지는 파편적인 정보들과 꼭 그만큼의 의견들로 갈라지는 팬덤 속에서 빠르게 지쳐갔다.

제 성장통을 겪는 것만으로도 충분히 골치 아팠던 열넷과 스물. 솔직히 말해서 화가 났다. 왜 우리를 떠나지? 어떻게 그럴 수 있지? 슬픔과 배신이 엎치락뒤치락하며 밀려오는 가운데 어느새 그들을 배웅할 시간은 끝나 있었다. 한 시절이 지나가버린 것이다.

가끔 생각한다. 그들도 나도 가장 순진했을 때. 이토록 빠르게 애달픈 시절이 돼버릴 줄 알았다면 더 열렬히 덕질할걸, 가볍게 아쉬워지는 건 어쩔 수 없다. 종종 유튜브 알고리즘이 데려다주는 저화소의 무대 영상을 볼 때면 노래마다 자연히 복기되는 응원법을 나도 모르게 따라 하게 되고, 잔잔하게 일렁이던 마음은 파도치기 시작한다. 저 무수한 무대들에 내 함성이 빠짐없이 더해졌더라면, 철 지난 미련이 덜했을까?

훗날 god가 간헐적 재결합을 성사시키긴 했지만, 오빠들을 매주 음악방송에서 볼 수는 없었다. 나는 이십대 중반이 넘어가도록 주말 오후면 자연히 공중파 음악방송에 채널을 맞춰두는 사람이었으므로 그건 아주 중요한 문제였다. 내가 좋아하는 사람들이 더는 함께 텔레비전에 나오지 않는다는 것. 당분간 혹은 영영 그들을 다시 볼 수 없다는 것.

그건 뭐랄까, 좋아하는 가수가 나올 때까지 음 소거를 해둔 채 과제든 집안일이든 할 일을 하다가 내 가수가 나올 때를 기가 막히게 감지해내고선 뮤트를 해제하는 일이 더는 없다는 뜻이었다.

무엇이든 시작만 있고 끝은 쉽게 상상할 수 없던 십대에, 나는 영원을 믿었다. 아니, 믿었다기보다는 굳이 의심하지 않았던 것 같다. 지금은 추억이 언제나 무대보다 오래 살아남는다는 것을 안다. 어느덧 현실을 놓치지 않고 따라가는 것만으로도 벅찬 삼십대, 오늘의 덕질은 미래의 내가 '언젠가 이 시절을 꼭 그리워하게 될 거야'라고 신호를 보내오는 것만 같다.

익숙한 것들이 변해가는 모습은 때때로 서글프지만 다행히 내겐 언제라도 리플레이할 장면이 많다. 그러니 지금은 새로이 찾아오는 설렘을 아낌없는 애정으로 마주해야지. 눈과 마음에 잘 담아둬야지. 오늘과 내일의 덕질이 가능한 한 천천히 추억이 되기를 바라면서.

Alive[*]

— 그냥 다, 잘됐으면 좋겠다. 나도 너희도

*   샤이니(SHINee) 정규 4집 'Odd' 수록곡.

친구의 잊힌 클라우드에서 별안간 6년 전 대만 여행의 흔적들이 대거 발굴됐다. 푸르고 싱그러운 장면들 사이로 타이베이의 롱산호텔 침대 위에서 방탄소년단의 〈I NEED U〉에 맞춰 춤추는 스물여섯의 내가 있었다.

"Fall-(Everything), Fall-(Everything), Fall-(Everything), 흩어지네⋯." 아련 터지는 도입부가 흐르는 동안 친구와 교차해 누워 있던 나는 슈가의 파트를 시작으로 튕겨지듯이 몸을 일으켰다. 그리고 이어지는 수십 초간의 격정적인 댄스 댄스 댄스⋯. 하아⋯ 정말이지 나란 인간은 어째서 일기장 밖에서도 이렇게 부지런히 흑역사를 남기는 걸가.

그 무렵 나는 **잡덕**의 길을 걷고 있었다. 이보다 좋은 말로는 '전방위 아이돌 덕후' '아이돌 박애주의자' 등이 있겠다. 본진이 흩어져버린 뒤로 더는 진득하게 마음을 담아둘 자리가 없다고 생각했는데. 내가 실은 오래전부터 아이돌들에게 '마음 주기의 달인'이었음을 확인하게 되는 뜻밖의 발견으로 이어졌다.

고백하자면, 나의 십대는 이미 god의 전곡을 외우는 것만큼 신화의 수록곡들에 친숙함을 느끼고(친구가 짝사랑하는 남자애에게 전한다는 고백 편지에 신화의 〈Soulmate〉 가사를 추천했던 열네 살의 팬지라니), 동방신기를 좋아하는 동시에 슈퍼주니어 팬사인회와 샤이니 콘서트를 가며(아이돌 팬이라면 누구나 생에 한 번쯤은 SM에 현생을 저당 잡힌다고 생각한다) 참으로 내실 있는(?) 덕생을 보내지 않았던가.

다만 이때까지만 해도 아이돌은 말 그대로 동경의 대상이자, 팬들 사이에서도 자정작용 아닌 지나친 우상화가 난무했던 시절이라 나 역시 덕질을 능동적으로 즐겼다기보다 약간의 광기와 과몰입 어딘가의 심정으로 빠져 있었던 것 같다. 절대적으로 미성숙할 수밖에 없는 나이도 한몫했으리라.

고등학교를 졸업했을 뿐인데 세계는 한없이 확장돼 있었다. 돌이켜 보면 겨우 캠퍼스 크기만큼의 세계였는데, 당시의 나로서는 '엄청나게 시끄럽고 믿을 수 없게 커다란' 규모에 어안이 벙벙했다. 물론, 당황하면서도 이내 흥분하며 빠르게 적응했다. 그리고 당황과 흥분과 빠름이 모이면 필연적으로 뭔가를 쉽게 그르칠 수밖에 없다는 걸 간과한 탓에 이십대는 내내 어수선했다.

당연히, 대학만 가면 모든 게 해결될 줄 알았던 건 착각이었다. 오히려 매일같이 해결해야 할 문제들이 기다리고 있었다. 성인이 된다는 건 자신이 얼마나 문제적 인간인지를 새롭게 확인하는 연습 같았다.

관계를 망치고 재능을 의심하고 열정을 낭비하는 일상이 반복됐다. 지금 생각하면 내가 나로 사는 것에 어느 때보다 간절했지만 절대적으로 서툴 수밖에 없던 시기였지 싶다. 그러면서 겨우 알아지는 자신이 마음에 들 리가.

한편 내가 불완전한 이십대를 응시하며 고통받고 있을 때 돌판엔 아직까지 내 또래(라고 우길 수 있는 나이대)의 그룹들이 신호탄을 울리며 대거 등장했다. 2010년대 초반은 가요계가 지금처럼 본격 아이돌 위주로 돌아가기 시작한 시점이기도 하다. 바야흐로 아이돌 춘추전국시대에서 나는 저항 없이 그들을 쫓으며 종종 내 현실을 잊었다. 특히 2012년 앞뒤로 데뷔한 *2.5세대 아이돌*들을 향한 애정은 잘 구운 식빵 위에 얇게 바른 버터처럼 부드럽게 스며들었다. 자취생의 필승 식단, 실패 없는 토스트로 끼니를 때우고 밑도 끝도 없이 사랑을 고백하는 아이돌 음악으로 손쉽게 위로를 얻던 시기였다.

십대에 비해 헐거워진 덕심으로 홀가분하게 던진 시선마다 애틋한 응원이 자라날 줄은 몰랐다. 과거와 달리 새로운 아이돌이 등장하는 속도는 점차 빨라졌고, 나는 어째서인지 충분히 조명되지 않은 얼굴들에 조바심이 났다. 말하자면 '돌덕(아이돌 덕후의 다른 말)'이 아니어도 누구나 알 수 있는, 음악방송의 엔딩 언저리를 장식하는 그룹 말고, 애써 발매한 앨범의 타이틀이 이른바 'TOP 100' 안에 들지 못하는 그룹들에 자꾸만 시선이 갔다. 그때 생긴 습관 중 하나가 음악감상 앱 메인 화면에 롤링되는 최신앨범 목록을—장르 불문—1절이라도 가능한 한 전부 들어보는 것인데, 그러다 보니 나는 제 앞가림도 못 하는 주제에 어느새 거리의 상인처럼 "이 노래 들어봤어? 얘네 무대 되게 멋지다?"무새가 돼 있었다.

콘텐츠가 범람하는 오늘에야 예기치 못한 '역주행' 기록이 쓰이거나 '숨듣명'과 같이 영리하고 유쾌한 발견으로 별안간 수명이 연장된 음악과 아이돌들이 생기고 있지만 당시에 그런 크레디트를 얻기란 어려워 보였다. 나는 충분히 알려지지 못한 아이돌들이 게으른 분류로 뭉뚱그려지지 않도록 멤버 이름을 하나하나 기억하고 싶었고, 명곡이라면 그것이 결코 숨어 있지 않았으면 했다. 그건 현실의 나 역시 누가 나를 제대로 알아봐주고 이해해주길 바라는 마음과 꼭 닮아 있었다.

하지만 나야말로 무명의 덕후일 뿐인데. 겨우

제 주변의 몇몇을 향해 어설프게 시도하는 영업이 유효할 리 만무했고, 나는 그저 무력한 아이돌 컬렉터가 되어갈 뿐이었다. 유난히 마음이 가는 신인 그룹들에겐 각별한 마음을 쏟으며 애가 닳았다가 그중 몇몇이 마침내 스타의 반열에 올라서면 비로소 흐뭇해하며 돌아서는, 기이하고 느슨한 덕질은 오랫동안 계속됐다. "거봐, 내가 그때 애네 노래 좋다고 했잖아!"라고 말하는 스스로에 취하면서.

그러는 사이 나에게도 틀림없이 멋진 다음이 찾아오리라 기대했다. 아쉽게도 나의 노력들은 줄곧 '더 나은 다음'을 기약하는 모양으로만 쌓여갔고, 도약과 발전, 성장은 더는 내 몫이 아닌 것 같았다. 그럴 때마다 똑같은 노래로 무대에 서면서도 처음인 양 새롭게 임하는 아이돌들을 보면서 모종의 자극을 받곤했다. 그들은 나에게 현실을 잊게 하는 동시에 현실에 기합을 넣어주었기 때문에, 나는 아이돌이야말로 '지금'을 가장 멋지게 보내는 존재라고 생각했다.

어영부영 대학을 졸업한 뒤에는 배운 게 도둑질이라고 마케팅 회사에서, 잡지사에서, 출판사에서 내내 글을 쓰며 지냈다. 간장게장 바이럴 원고, 뷰티 블로거 체험단 모집글, 교육 전문가 인터뷰, 고등학교

탐방, 특성화학과 취재, 신간 카드뉴스, 작가와의 대화 행사 후기, 꺼진 구간도 다시 보자는 홍보 포스트 등…. 별별 글을 다 썼다. 그럴수록 내 이야기를 하고 싶은 갈증이 일었다. 남들이 적금을 부어 여행을 가거나 기특하게 살림에 보태려 할 때, 나는 독립출판물을 만들겠다고 멀쩡한 적금을 깨서 어설프게 목을 축였다. 집필은 물론, 디자인과 유통에 홍보까지. 문제는 일당백 처지는 똑같은데 다른 이들은 근사한 작품을 내놓았고, 내 것은 소꿉놀이 밥상처럼 엉성하기만 했다는 데 있었다.

이후 끈질긴 두드림과 작은 행운이 맞물려 첫 책 『일기 쓰고 앉아 있네, 혜은』을 출간할 수 있었다. 그리고 깨달았다. 아, 나는 작가가 되고 싶은 거구나. 그냥 나도 한번 책이라는 걸 내보고 싶었던 정도가 아니었구나. 이왕이면 계속해서 쓰는 사람으로 남기를 바라는구나. 내가 세상과 호흡하며 나아가는 궤적이 누군가의 마음도 스윽 훑고 지나갔으면 하는구나. 저런, 어쩌다가….

그 무렵 책도 아이돌도 누군가 끊임없이 읽어줘야 유의미하다는 점에서 비슷하다는 생각을 했다. 우스운 비약이라는 걸 알지만, 한 해 수만 권의 신간이 쏟아지는 출판 시장과 우스갯소리로 연습생만 대략

100만 명으로 추산된다는 엔터테인먼트 시장이 묘하게 겹쳐 보였던 것이다. 아무리 누구나 작가가 되는 시대라지만 실상은 베스트셀러는커녕 수십 군데에 투고 원고를 넣었을 때 까이지만 않아도 감지덕지라는 것을 그때 체감했다. 서점에 등판하기가 무섭게 신간 매대를 스치고 책장으로 수납되는 책과 어렵게 한 데뷔가 무색하게 명암이 갈리는 아이돌의 처지를 셈하다 울적해지곤 했더랬다.

모두들 노력은 배신하지 않는다고들 하지만 여기서 얼마큼의 수고와 노력이 더해져야만 그에 상응하는 결과가 나오는 건지는 아무도 제시하지 못한다. 노력하는 동안 시간이 멈춰 있기라도 하면 좋을 텐데. 모두에게 시간은 공평하게 흐른다는 것, 때때로 그것만큼 불공평하게 느껴지는 일도 없다. 삼십대가 되어도 이런 투정은 그대로다. 내 글은 여전히 구려 보이고, 나는 내가 자주 지겹다. 그럴 때면 오늘치의 내 무대에서 조용히 내려와 익숙한 응원석으로 향한다. 트위터를 켜고 덕질용 계정에 로그인한 뒤 이런 글을 남긴다.

그냥 다, 잘됐으면 좋겠다. 나도 너희도. 모든 게

뜻대로 되지는 않더라도 노력한 만큼은 꼭꼭 돌려받으면서, 아프지 않고. 하고 싶은 걸 계속할 수 있는 상황이 주어지는 거.

돌이켜 보면 나는 내내 이런 마음이었던 것 같다.

그리하여 맞이한 2021년의 나날들은, 레드벨벳 〈러시안 룰렛〉 이전에 스피카의 〈러시안 룰렛〉이 있었다는 걸 떠올리며 플레이리스트를 채우고 인스타그램 스토리에 보이프렌드와 B.A.P의 아기자기한 노래들을 추천하며 외출을 준비한다(곧 디엠으로 알은체를 해오는 팔로워들에겐 남다른 애틋함을 느낀다). 최근엔 이런 반가운 일도 있었다. 최신음악을 탐색하다 낯선 여성 듀오가 발표한 〈WHATEVER〉를 듣고 한귀에 반해버렸는데, 알고 보니 스피카 출신인 김보아와 김보형이 듀엣을 결성해 발표한 앨범이었던 것이다. 이제 '킴보(KEEMBO)'라는 이름으로 묶인 화려한 두 보컬들은 노래한다. "Whatever, 그래 나 이대로 괜찮은 것 같애- Whatever, 뭐 그런 대로 나쁘지는 않네-."

이따금 추억에 짝꿍을 만들어주는 현재를 목격하면서 나는 내 몫의 분투를 이어나간다.

Change*
— 열두 살에 이지가 되고 싶었던 혜은

* 베이비복스(Baby V.O.X) 정규 2집 '야야야' 수록곡.

『일기 쓰고 앉아 있네, 혜은』은 13년간 써온 일기에서 엑기스만 모아둔 아카이브이자 열여덟부터 서른하나까지의 삶을 속성으로 반추해놓은 또 하나의 나 같은 책이다. 일기장 바깥에도 일기장을 만들어둔 셈이라 나는 도무지 나를 잃어버릴 틈이 없다.

한번은 어르신 독자로부터 이런 말씀을 들었다.

"이 책을 읽고 나서 나는 작가님을 다 알게 된 것 같아요. 내 친구들에게도 작가님을 소개해줬어요."

내가 없는 곳에서도 나를 대신할 수 있는 책이란 나보다 얼마나 더 나인가. 문득 골몰하며 책의 안부를 묻게 되었다. 그런데 최근 다시 읽은 '일기 혜은'에는 뭔가 결정적인 게 빠져 있었다. 바로 '덕질'이다. 덕질만으로도 지금까지의 생을 설명할 수 있겠다고 말한 주제에, 나를 아낌없이 설명하는 책에 덕질하는 나만 쏙 빠져 있다니! (그건 아마 『아무튼, 아이돌』을 쓰기 위한 무의식의 컨트롤이었을까? '또 다른 너를 쓸 기회를 남겨둬야 해!' 하고.) 책이 스스로 말을 할 수 있다면 아마 항변하고 싶은 순간이 있었을 거다.

"잠시만요, 이게 전부는 아니에요! 사실 애는 말이죠…!"

그런 '일기 혜은'에도 유일하게 등장하는 아이돌이 있으니 god도 동방신기도 아닌 바로 '베이비복스' 언니들이다.

남자애들은 쉬는 시간이면 주말에 방영한 〈인기가요〉에서 베이비복스가 입었던 파격적인 의상에 대해 떠들거나 방학을 앞두고 열린 장기자랑에서 여자아이들과 무리를 지어 춤추던 나에겐 1도 관심을 주지 않았다.*

1999년 종말론이 거짓이었다는 안심도 잠시, 세상이 끝나거나 말거나 바야흐로 열린 아이돌 그룹 시대의 전성기는 하루가 멀다 하고 팬들 간의 대격돌을 예고했다. 세기말 세기초의 아이돌 무대만큼 라이벌 구도가 극심했던 때가 있을까. 그 전운과 고스란히 동기화된 일부 팬들은 이따금씩 뉴스에 등장하곤 했다.

내가 아무리 대중가요를 즐겨 듣는 성숙한 초등학생이었다고 해도 매일 아침 등교와 함께 마주하는 세계는 초딩의 시간으로 흘러갔다. 그 무렵의 초등학

---

* 윤혜은, 「적고 싶은 이름이 생긴다는 건」, 『일기 쓰고 앉아 있네, 혜은』, 어떤책, 2020.

교에는 각 반마다 포켓몬스터 스티커를 착실히 모으는 다수의 무리가 있는가 하면 어린이 잡지를 읽다가 신화나 젝스키스가 등장하면 무심히 넘기는 대신 살살 찢어 '신화창조(신화 팬덤명)'이거나 '옐로우키스(젝스키스 팬덤명)'인 친구에게 쪽지와 함께 나눠주는 소수의 무리가 공존했는데 나는 물론 후자였다(친구들 역시 내게 반듯하게 뜯은 god 페이지를, 그러나 다소 이해할 수 없다는 표정으로 건네곤 했지).

　우리는 드라마 〈응답하라 1997〉 속 고등학생 언니들처럼 점심시간에 '우리 오빠'의 노래를 틀려고 살벌한 몸싸움을 벌이는 대신 마치 공과 사를 구분하듯 우정과 덕메를 평화롭게 분리하며 지냈다. 물론 각자의 오빠들이 컴백을 앞두거나 연말 가요 시상식이 가까워질 때면 다소 예민해지고 신경전을 벌이긴 했어도, 웬만하면 '취향이니까 존중할게' 자세로 의젓한 덕후의 면모를 유지했다. 더욱이 나는 팬지인 동시에 귀 밝은 케이팝 리스너였으므로, 예컨대 신화의 세련되고도 나른한—어린 나이에도 가슴을 울렁거리게 만드는—노래를 찾아 들으며 미래지향적 덕질을 하는 데 여념이 없었다.

　그런 우리가 비로소 홀가분하게 하나가 되는 순간이 있었으니, 바로 '언니들'을 말할 때였다. 여자

아이돌 앞에선 꼭 자랑스러운 언니를 둔 어린 여동생처럼 한마음으로 찬양하게 됐다. 얼마나 말도 안 되게 예쁜지, 중학생이 되면 어떤 사복 스타일을 따라 하고 싶은지, 동네의 어느 문구점이 언니들이 하고 나온 액세서리와 가장 비슷한 것을 팔고 있는지, 타이틀과 후속곡 중 어떤 안무가 더 따라 하기 쉬운지…. 그룹 간의 우열을 가릴 필요 없이 재잘거리게 되는 그 순한 시간이 좋았다. 어쩌면 언니들을 말할 때 우리들은 더 수줍은 기분이 되었다. 쉬는 시간마다 나란히 팔짱을 끼고 가는 화장실이나 뒷문 옆 거울 속에서 우리는 너무 키 작고 동그란 아이의 얼굴이어서 그랬는지도 몰랐다.

오빠들이 우리 안에 그토록 많은 사랑이 있음을 확인시켜줬다면 언니들은 우리로 하여금 뭔가 되고 싶게 만드는 존재였다. 아직 내 안에 롤 모델이라는 개념이 자리 잡히지 않았을 때, 여성 아이돌은 '저렇게 되고 싶다'는 생각을 하게 한 최초의 롤 모델이었다. 아련하게 남아 있는 이때를 떠올리게 한 글이 있다. 문학잡지 〈릿터〉의 '케이팝 라이프'편에서 박희아 대중문화 기자는 1990년대 여성 아이돌을 이렇게 회상했다.

여성 아이돌들에서는 시대성에 대한 고찰이나 반항보다는 풋풋하고 순수한 느낌을 부각시키는 게 중요했다. 하지만 그 안에서도 점차 변화는 일어났다. 비슷해 보이는 노래 콘셉트 안에서도 과감한 시도가 종종 생겼다. 댄스 브레이크에서 강렬한 안무를 보여주면서 「첫사랑」을 노래했던 오투포(O24), '너와 함께 지내고 싶은 밤 부모님의 허락이 필요하지만'이라는 과감한 가사로 화제가 됐던 클레오, 화려하고 독특한 스타일링과 거친 발성의 랩으로 인기를 끌었던 샤크라 등이 여기에 속한다. 또한 신비는 동성 친구에게 사랑을 느꼈다는 예상치 못한 내용의 가사로 놀라움을 안기기도 했다. 우상이 될 수는 없었지만, 사랑 노래의 주제나 표현 방식을 고민하는 데에 있어서만큼은 오히려 남성 아이돌보다 폭넓게 나아가고 있었던 것이다.

확실히 소녀들은 우상화된 남성 아이돌에 더 쉽게 장악당하고 압도당했지만 우리들에게 진짜 필요한 건 우상보다는 롤 모델이었다. 아쉽게도 내가 자라던 때는 사회 전반적으로 롤 모델로서의 여성 역할을 획일화하는 데 부지런했던 시절이었지만 말이다.

그래서였을까? 나는 마치 반항하듯 베이비복스

에 매료됐다. 그녀들은 무대를 마치 런웨이처럼 성큼성큼 활보했고, 대체로 미소 지을 필요가 없는 노래들을 불렀다(조소는 많았다). 나는 신비로운 미모의 유진이나 화관 쓴 사랑스러운 성유리보다도 은박지 같은 탱크톱에 검은 재킷을 걸치고 고혹적이고도 절도 있는 춤을 추는 이지에게 열광했다. 베이비복스는 간미연 특유의 찌르듯 애절한 미성과 심은진의 강렬한 퍼포먼스가 인상적인 그룹이었지만 나는 이 그룹의 유니크함은 이지로부터 나왔다고 생각한다. 돌이켜 보면 실력파 그룹이었는데, 그중에서도 이지는 춤도 노래도 다 되는 올라운드 멤버였고, 무엇보다 랩을 했다! 또래 멤버보다 큰 키, 성숙한 외모와 당시 여성 아이돌로서는 드문 낮고 허스키한 보이스까지(지금 세대 아이돌 중에서는 드림캐쳐의 다미가 오버랩된다). 나는 랩 하는 이지가 정말 좋았다. 노래할 때보다 살짝 더 여유로운 미소, 다시 봐도 랩 할 때의 이지는 자기만의 익숙한 무기가 있는 사람처럼 보인다.

베이비복스가 3집으로 컴백했던 1999년이었다. 후속곡 〈Killer〉의 킬링 파트는 단연 이지 언니가 재킷을 휘날리며 걸어 나오는 파트였다. 언니들이 활동하는 내내 나는 재킷을 입은 날이면 부러 단추를 잠그지 않고 보폭도 일부러 좀 크게 벌린 채 휘적휘적 걷 곤 했다. 하루는 제출했던 숙제를 받으러 교실 앞에 나갔다 자리로 돌아오는데 절친이 속삭였다. "야, 너 방금 이지 언니 같았어." 그날 나는 엄마가 사준 빨 간 체크무늬 바바리를 입고 있었는데 내가 그 옷을 얼 마나 좋아하게 됐는지는 따로 말하지 않겠다(그 옛날 〈Killer〉의 한 무대를 보면 마침 빨간 가죽재킷을 입은 이지 언니를 확인할 수 있다).

"강력한 파워가 느껴지는 그들만의 공간!" 베 이비복스의 무대를 소개하는 음악방송 멘트는 대개 이런 식이었다. 확실히 베이비복스는 당시의 걸그룹 이 응당 걸어야 할 길을 살짝 비켜 걷는 느낌이었다. 비포장도로를 썩썩하게 질주하는 멋지고 센 언니들. 걸 크러시라는 단어가 생기기 전이었지만, 다섯 명의 '걸'들에게 '크러시'당했던 세기말을 나는 똑똑히 기 억한다.

요즈음의 초등학생들에게도 방학식 때면 미래 의 인싸들이 교실 앞에 나가 장기자랑을 하는 문화 (?)가 존재하는지 궁금하다. 포스트 코로나 시대에는 '식'이란 식은 죄다 비대면으로 대체되려나. 아무튼 1990년대 후반에 초등학교를 다녔고, 가요에 진즉부 터 미쳐 있던 나는 어쩌다 보니 방학식 무대에 빠지지 않는 멤버가 돼 있었다. 우리들은 어떤 오빠를 커버할지 피곤하게 고민하기보단 자연스레 우리 모두가 공평하게 사랑하는 여성 아이돌을 택했다.

그리하여 2001년, 『열두 살에 부자가 된 키라』가 서점 매대를 장악할 때 마찬가지로 열두 살이던 나는 여름엔 핑클이, 겨울엔 S.E.S.가 되었다. 아쉽게도 베이비복스는 번번이 후보에서 탈락했다. 2000년에도, 2002년에도 베이비복스를 커버하지 못한 채 초등학교를 졸업한 게 몹시 아쉽다.

물론 핑클의 〈NOW〉와 S.E.S.의 〈꿈을 모아서〉를 연습하던 기억은 소중히 남아 있다. 하교하기가 무섭게 어머니가 가장 너그러운 친구네 집에 우르르 몰려가 플레이어에 테이프를 넣고 몇 번이고 구간 반복을 하며 가사를 외우고 비디오를 돌려 보며 춤을 따라 하던 오후를 말이다. 여름이면 더운 바람에 옥색 커튼이 나부끼는 교실 창문 옆을 대기실 삼아 장기자랑 차례를 기다리고, 겨울이면 먼지 섞인 히터 바람에 건조해진 눈을 비비거나 끔뻑끔뻑 조는 친구들 앞에서 별안간 무릎 꿇는 안무를 얼굴 한 번 안 붉히고 해냈던, 참으로 전생 같은 기억이니까. 내 생애 모든 용기를 이때 다 소진했다고 해도 인정할 만한 추억이다.

이왕이면 까만색으로 셔츠와 면바지를 맞춰 입

고 "나를 사랑했던 건 네가 실수한 거야"라며 차갑게 이별을 일러주는 〈Game Over〉를 부르는 내 모습도 한 장면 끼어 있다면 좋았겠지만 소심해진 '라떼'의 소소하고 즐거운 상상의 몫으로 남겨둘 수밖에. S.E.S.와 핑클은 물론이고, 디바보다도 먼저 데뷔한 가요계 첫 번째 여성 아이돌이 다름 아닌 '여전사' 타이틀을 지닌 베이비복스라는 사실이 요즘 들어 부쩍 고무적으로 느껴진다. 심지어 1세대 여성 아이돌 중 최장수 아이돌로 존재했던 그녀들은 어쩌면 내게 최초의 롤 모델이었다고, 언니들에게 고백하고 싶어지는 밤이다.

먼 훗날 우리*
— 반짝이는 실마리를 태우고 만난 미래

*   보아(BoA) 정규 1집 'ID: PEACE B' 수록곡.

교복을 입기 시작한 뒤에는 소규모 상기자랑 대신 축제라는, 좀 더 큰 무대가 마련되었다. 나는 물론 그곳에 설 깜냥은 되지 못했지만 어쩐지 자주 '하는 수 없지' 표정을 지으며 교실 앞으로 걸어가 노래를 부르곤 했다. 아이들이 유난히 수업에 집중을 못 하는 것 같으면 선생님들이 꼭 이런 말을 했기 때문이다.

"너희들 중 누가 나와서 노래 한 곡 하면 수업 10분 일찍 끝내줄게." 그러면 아이들의 눈은 일제히 나를 향했다. 그건 아마 음악 실기 시간 중 어떤 남자애가 "와, 윤혜은 쟤는 떠들 때랑 노래할 때 목소리가 아예 다르네"라고 한 뒤부터였던 것 같기도 한데, 실상은 그저 내가 하교하기가 무섭게 학원 대신 노래방엘 달려가는 무리 중 하나였기 때문이지 않을까 싶다.

이러나저러나 노래 부르기를 무척 좋아하는 소극적 인싸이자 세미 관종이었던 나는 줄곧 아이들의 부름에 못 이기는 척 앞에 나가 쉬는 시간을 확보하곤 했다(덕분에 학기 말 주고받는 롤링페이퍼에는 '노래 부르느라 수고했다'는 말이 빠지지 않았다).

우스운 건 내가 그 일을 반장이나 부반장처럼 학급에서 응당 맡아야 할 역할로 인식했다는 사실이다. 무엇보다 나는 그 순간을 즐겼다. 유별난 존재로 인정받기를 원하면서도 제 개성이 지나치게 도드라지는 건 왠지 머쓱해 쭈뼛대는 십대 초반, 고만고만해 보이는 아이들 사이에서 오롯이 나로서 주목받는 느낌이 싫지 않았다.

그리고 더 웃긴 건, 이왕 나간 거 아이들 모두가 알 만한 유행가를 부를 법도 한데 언제나 내가 좋아하는 노래만 골라 첫 소절부터 시작해 1절을 정직하게 부르고 자리로 돌아왔다는 것이다. 특히 보아의 노래를 자주 불렀다. 〈No.1〉이나 〈아틀란티스 소녀〉 대신 〈나무〉나 〈인사〉 같은, 후속곡 아니면 트랙리스트 한참 아래에 있는 발라드만 골라서 말이다.

지루한 오후가 걷힐 거라 기대한 아이들의 수군거리는 목소리, "뭐야, 저런 노래가 있었어?" 하는 반응에도 아랑곳 않고 그럴 줄 알았다는 듯, 이상한 희열을 느끼면서. 하긴, 취향을 드러내는 데 다소 거리낌이 없던 나는 1년에 한두 번 가족 행사 끝에 친척 어른들과 함께 노래방이라도 갈라치면 "혜은이도 노래 한 곡 해야지" 소리가 나오기도 전에 별안간 〈Amazing Kiss〉를 일본어 버전(!)으로 열창하곤 했으니까. 어른들이 '쟤도 참…' 같은 표정을 지을수록 나는 묘한 승리감을 느꼈다(중2병을 앓던 시절이었으므로, 온몸으로 '난 달라 달라 달라'를 말하고 싶었던 것 같다). 학교에서 보아의 국내 앨범에 수록된 발라드만 골라 부른 건 오히려 얌전한 축에 속했다.

그런데 왜 보아였을까? 〈인기가요〉를 교양 프로그램 삼아 지내던 내게 보아만큼 다채로운 자극을 주는 가수는 없었다. 보아는 TV에 꾸준히 등장하는 거의 유일한 또래 솔로 가수인 동시에, 내가 아는 가장 당당한 또래 여성이었다. 당시는 아직 소녀시대나 원더걸스 등 2세대 걸그룹이 등장하기 전이기도 했거니와 바야흐로 걸그룹 전성시대가 열린 이후에도 보아와 같은 솔로 가수는 여남을 통틀어 전무하다시피 했으니, 그 시절 보아에 매료당한 특별한 이유가 있을 리 없다. 그냥, 보아니까. 보아의 존재가 특별하니까.

또한 보아는 god 다음으로 용돈을 모아 앨범을 구매하게 만든 가수이기도 했다(2001년 3월에 발표한 1.5집, 영어와 중국어 노래가 섞여 있는 'Jumping Into The World'를 들었을 때의 충격이란…. 최근엔, 어느 '점핑보아(보아 팬덤명)'가 당시 일본 진출을 목전에 두고 발표한 이 앨범을 가리켜 "아시아의 별이 일출하고 있었다"라고 평한 것을 보고선 무릎을 탁쳤다). 대중은 춤추는 보아의 천재적인 재능과 감각에 감탄했지만, 나는 무대 위의 보아를 좇는 것만큼이나 오디오를 꽉 채우는 보아를 즐겼다. 20주년 기넘 다큐멘터리에서 그 스스로 말했듯 보아는 "춤에 보컬이 가려진 케이스"였고, 눈을 감고 보아의 보컬이 도드라지는 노래를 들으면 예외 없이 가슴이 울렁거렸다. 매력적인 멜로디를 완성하는 것은 결국 목소리일 터. 나는 보아의 탁성 섞인 목소리를 참으로 좋아했다(훗날 더 날렵하고 섬세하게 바뀐 창법은 그것대로 좋지만!).

목청 높이며 무대를 뛰어다니는 보아는 또 어떤지. 그건 god와 동방신기를 볼 때와는 다른 종류의 가슴 뜀이었고, 베이비복스를 동경하며 훗날 나의 어른스러움을 상상했던 것과도 달랐다. 분명 나와 비슷하게 앳된 모습인데 제게 주어진 3분 남짓한 시간 동안 내내 확신에 찬 표정을 짓는 보아는 차라리 신비로운 대상에 가까웠다. 저렇게 빛날 수 있구나!

거울을 가장 자주 들여다보면서도 거울 속 나를 가장 외면하고 싶어 했던 시기였으므로, 나는 어떤 순간 속에서 내가 저토록 밝고 환한 표정을 짓는지 알지 못했다. 어린 내가 노래를 부르며 수업 시간을 야금야금 빼돌리는 데에 재미를 붙였던 것은 실은 다른 누구도 아닌 '보아' 노래를 부르며 내게서도 그처럼 반짝일 수 있는 실마리를 찾고 싶었기 때문인지 몰랐다.

보아가 아시아를 비추는 별이 되어 한국과 일본의 상공을 바삐 오가면서 내가 부르고 싶은 노래를 팝콘처럼 펑펑 터트리는 사이, 나는 노래에 진심이 되어버렸다. 정확히는 노래하는 내가 좋아졌다. 무엇을 좋아하는 것과 그것을 하는 내가 좋아지는 것은 전혀 다른 의미인데, 좋아하는 걸 해볼 수도 있겠다는 어렴풋한 예감이 열다섯 살의 나에게 얼마나 벅찬 감정을 안겨다주었는지 생생하게 기억한다. 내 마음에 드는 내 모습을 찾는 일, 노래는 그걸 처음으로 가능케 했다. 나는 노래를 부르고 싶었다. 그 마음을 어렵게 알아챈 다음에는 망설이거나 외면하지 않았다(그토록 강한 확신은 아쉽게도 다시 찾아오지 않고 있다).

하지만 우리가 앞으로 뭘 하고 싶은지보다는 당장 뭘 해야 하는지 가르치는 데에 흥미를 느끼는 어른이 더 많았던 그때, 그래서 우리의 입이 자주 다물어질 때, 같은 반 친구 R은 말했다. "나는 이제부터 작곡을 공부할 거야. 혜은이 너는 노래를 하면 되겠다."

그 길로 친구를 따라 대학로에 있는 실용음악학원 보컬반 3개월 치를 등록했다. 부모님의 허락은 의외로 쉬웠다(일찌감치 드러낸 노래방에서의 객기가 나를 증명하는 데 효과적이었지 싶다). 그러나 이것으로 미래에 내가 가수가 될 거라는 기대나 포부는 없었다. 내 입장에서는 노래야 쉬는 시간에도(무려 수업 시간에도!), 방과 후 노래방에서도 얼마든지 부를 수 있었으니까. 말하자면 '이미 노래하고 있지만 더 격렬히 노래하고 있는' 상태에 머물기 위해 학원을 등록한 셈이었다. 테스트를 마친 원장님이 엄마에게 무어라 희망을 심어준 것 같았지만, 나는 상담실로 향하는 복도를 지나칠 때 사방에서 희미하게 들려오던 뚱땅거리는 악기 소리와 제각기 열창하는 음성들에 가슴이 세차게 뛰었을 뿐이다. 이 공간에 곧 내 목소리도 더해질 참이었다. 음악 실기 시간 불쑥 끼어든 남자애의 말처럼 다른 목소리로, 다른 내가 되어서.

레슨실은 교탁 앞에 허락된 무대보다도 좁았지만 어느 때보다 내 목소리가 크게 울리는 곳이어서, 꼭 마음에 들었다.

나는 내 바람처럼 십대 전반을 오롯이 '노래하는 상태'로 머물렀다. 실용음악학원을 계속 다녔다는 소리다(참, 내게 실용음악학원을 처음으로 소개해준 R은 정작 얼마 못 가 그만두었다. 구체적인 사정은 기억나지 않는다. R은 흥미와 재능 중 무엇을 먼저 잃었을까? 나는 후자의 한계를 일찍이 깨닫기보다 전자를 굳건히 지키는 실수를 저지르고 말았는데). 아무리 부정해도 표면적으로 나는 가수를 꿈꾸는 애처럼 보였고, 레슨이 없어도 연습실을 예약할 수 있는 작은 네임카드는 나를 언제까지고 '공부는 뒷전이고 저 하고 싶은 대로 노래하는' 상태에 두게 하는 무기이자 학생증보다 더 나를 증명하는 수단이 되었다.

R 이후로는 내게 '너는 노래를 해야 해'라고 힘주어 말한 사람은 아무도 없었는데, '그만큼 했으면 됐으니 이제 공부를 하는 건 어떻겠니?'라고 나를 만류하는 사람 또한 없었으므로 나는 불안함을 느끼거나 조바심 내지 않고 그 상태를 즐겼다. 고3을 목전에 두고도 하교를 하면 습관처럼 레슨실 문 앞에 네임카드를 꽂고 들어가 한없이 자유로운 시간을 보냈다. 비욘세의 〈Deja Vu〉 같은 노래를 소화해야 하는 주간이면 딱 죽을 맛이었지만, Tamia의 〈Almost〉나 Joss Stone의 〈Spoiled〉가 레슨곡으로 배정되면 학교에서 아무리 기분 나쁘고 속상한 일이 생겨도 금방 다 괜찮아졌다. 그들의 목소리를 내 식대로 카피하면서 나는 종종 빛났다고 믿는다. 교실 앞으로 떠밀려질 때마다 마음속으로 두리번거렸던 반짝이는 실마리를 몇 가닥쯤은 찾았으리라.

그러는 사이 보아는 자연스레 내 선곡표에서 제

외됐다. 마침 〈Girls On Top〉 이후로 한국 활동에 긴 공백기가 생긴 시기였고, 보아의 빈자리는 생전 처음 들어보는 노래들로 채워졌다. 중학생 때처럼 쉬는 시간을 앞당길 때나 가끔 번화가에 마련된 엉성한 무대 위에 설 때도 팝이나 인지도 낮은 싱어송라이터의 앨범을 선택했다. 입시가 가까워질수록 교실과 레슨실 바깥에서 노래할 일은 점점 더 많아졌는데 그럴 때마다 나는 자주 무대를 망쳤다. 무대를 망칠수록 아예 나라는 인간이 망쳐지는 것 같았다.

노래하는 내가 더는 좋지 않았다. 다시 좋아지기를 기다리며 노력할 수도 있었는데, 빚처럼 불어나는 입시의 압박을 핑계 삼아 도망쳤다. 그 밖에 갖다 붙인 이유도 전부 진실과는 거리가 멀었다. 무대 공포 때문도, 충분하지 못한 실력을 별안간 또렷하게 인지해서도 아니었다는 걸 안다. 아무리 어리숙한 십대였다고 해도 자그마치 5년을 매일 같이 노래했는데, 청중이 좀 더 생겼다고 마이크를 쥔 손이 갑자기 떨릴 리 없다. 일생일대의 기회라고 생각한 대회에서 떨어진 것도 지난 시간을 한순간에 져버릴 만큼의 충격은 아니었다.

나는 너무 노력하고 싶지는 않았고, 노력도 안 하는 주제에 비교당하는 건 싫었다. 어쩌다 한 노력이 비교당할 때는 더 참을 수가 없었다. '본격 아마추어'가 되는 게 두려웠던 거다. 더는 좋아하는 마음만으로는 안 된다는 걸, 틀림없이 지금의 달짝지근한 만족이 깨지고 부서지고 가루가 되어버리는 순간이 올 거라는 걸 알아챈 것이다. 깨진 마음을 이어 붙이고 부서져 가루가 된 마음을 뭉쳐서 새롭게 빚기를 반복해야만 '진짜 노래하는 상태'에 도달할 수 있다는 것도. 하지만 프로의 세계를 꿈꾼 적 없는 나로서는 당장 이 마음을 상처 입히지 않는 게 더 중요했다. 그 선택으로 좋아하는 마음 자체를 거둬버렸다는 건 참 바보 같았지만.

이제 더는 '무엇이 되겠다는 욕심 없이 즐겼다'라는 말로 그 시절을 애써 포장하지 않으려 한다.

오래전 나를 사로잡았던, 형형한 눈빛을 내뿜는 보아 뒤편에는 타국에 홀로 떨어져 "너무 힘들어서 눈물 흘려도 남는 건 퉁퉁 붓는 눈밖에 없다"*는 걸

---

* JTBC 음악 프로그램 〈히든싱어〉 시즌4 보아편에서 일본에서 활동했던 어린 시절을 회상하며 했던 말. 이후 인터뷰에선 어떻게든 스스로 강해져야만 했던 당시의 마음가짐과 달리 이십대 후반부터는 울면서 스트레스를 풀 수도 있다는 걸 깨달았다고 덧붙였다. 누구보다 치열하게 십대를 통과한

온몸으로 익힌 보아가 먼저 있었다. 각종 인터뷰나 방송에서 성공의 비결을 묻는 질문에도 보아는 자주 이 공식을 말했다. 자신의 선택을 따를 것, 최선을 다할 것, 그에 따른 결과를 감내할 것.

"악착같이 했기에 지금 제 모습이 된 것은 알아요. 과거를 부정하지 않죠. 어떤 일이든 이유, 노력, 결과가 연결된다고 여기니까요."**

아, 이 단순한 진리를 나는 꿈의 궤도에서 오랫동안 표류하다 글을 쓰며 비로소 느끼고 있다. 재능이나 가능성에 있어 노래보다 글쓰기에 주파수가 제대로 맞춰진 일인지는 모르겠지만 한 가지 확실한 건 내가 더는 핑계 대지 않는다는 것이다. 레슨실 대신 작업실에서, 빛나는 구석이 없어도 여전히 혼자 남아 연습하듯 원고를 쓴다. 섣불리 결과를 예측하기보다는 쓰고자 하는 이유와 들일 수 있는 노력에만 집중하

보아가 '이제는 울어도 괜찮다는 걸 알게 되었다'고 홀가분하게 털어놓을 때, 팬들은 안도하며 뭉클한 미소를 지을 수밖에.

** 인터뷰 「데뷔 20주년을 맞은 'BoA'. 여성 사진가 2인이 기록한 축하의 두 얼굴」, 『보그 코리아』, 2020년 8월호.

며 말이다. 최선을 완성하는 것보다 최선으로 향하는 길에 오래 머무는 법을 배운다.

비록 야심은 부족했지만, 흥미롭다고 생각되는 일에 앞뒤 재지 않고 도전했다는 첫 시작의 경험은 내게 무척 값지게 남아 있다. 그런 의미에서 보아는 내가 목소리를 낼 수 있도록 끌어당겨준 '첫 언니'인 셈이다. 목소리를 내는 첫 번째 수단으로 노래를 선택하게 만든 사람. 보아는 지금도 어디선가 누군가에게 이 같은 영향을 미치고 있겠지. 단지 무대 위에 존재했을 뿐인데, 자신도 모르는 사이에 타인의 미래에 작은 창을 내어주는 아티스트로서 말이다.

여전히 보아의 노래를 들으면 어디에선가 노래하고 있는 내 모습이 파편처럼 떠오른다. 오랜만에 보아 언니의 무수한 명곡 중 내 최애 곡을 들어볼까. 가사 속의 '너'가 오늘따라 지나가버린, 놓치거나 포기해버린 '꿈'이 있던 자리처럼 느껴진다. "너를 바라볼 수 있던 것 나에겐 기쁨이었어 너를 보내는 게 마음은 아프지만… 너를 사랑할 수 있는 건 나에겐 행운이었어 슬픈 기억마저 나에겐 소중한 걸…."

덕후 마음 설명서

뭔가를 꾸준히, 오랫동안 하는 사람에겐 에써 그것을 설명하지 않아도 묘한 설득력이 생기는 모양이다. 삼십대에 진입해서도 첫눈에 반하듯 아이돌에 열광하는 나를 보며 이제 누구도 "덕질이 밥 먹여주니?"라고 묻거나 비아냥거리지 않는 걸 보면 말이다(간혹 한 줌의 연애운을 온통 덕통사고에 쓰는 게 아니냐는 서늘한 농담으로 대체되기는 하지만).

나는 기본적으로 '덕질'이 어째서 내 밥을 먹여주는 일이 되어야 하는지 꾸준히 의문을 가져온 사람이다. 우리가 각자의 잉여 시간에 얼마나 생산적인 일들을 하는지 잠시 돌이켜본다면 타인의 덕질에 1도 연관 없는 자가 덕질의 효율이나 쓸모를 운운하는 것이 얼마나 무례한 짓인지 깨달을 수 있을 텐데.

특히나 덕질의 대상이 아이돌이라면 상대를 향한 한심마저 더해진다. 노골적이든 은근하든 덕후의 마음과 시간을 손쉽게 후려친다. 나는 아이돌 덕질을 우습게 여기는 태도의 근원을 여전히 잘 모르겠고, 영영 알고 싶지도 않다. 돌판에 무지한 머글이 덕후의 마음과 시간을 헤아릴 필요는 없듯이 말이다. 그러니 만약 변방의 머글을 발견했다? 그냥 지나가면 된다. 분명 대부분은 이럴 텐데(라고 믿고 싶다), 꼭 쓸데없이 에너지를 쏟는 사람들이 있다. 뭐, 마치 다

른 종을 발견한 듯한 생경함에 인 순수한 호기심일 수
도 있겠지(라고 믿고 싶다).

하여 야생에서 덕후를 만났을 때 괜한 오해가
쌓이지 않도록 이 지면을 빌려 FAQ를 마련해보았다.

"너가 이렇게 좋아해도 개네는 너 모르잖아."
내 아이돌이 '나'라는 개인을 알 필요는 일절 없다.
그들은 어디까지나 자신들을 순도 높은 마음으로 응
원하는 팬, 그러니까 '우리'의 존재만 또렷이 알아보
면 된다(말하자면 나는 윤혜은으로 god를 좋아한 게
아니라, 팬지로 그들과 관계 맺은 것이다). 팬들이 제
아이돌을 무한한 사랑과 응원으로 지지하는 것은 그
들이 무대 위에서 눈부신 모습으로 가능한 한 오래 존
재하기를 바라는 마음에서이지, 이토록 맹목적인 개
개인의 실체를 알아봐달라는 기대나 요구의 목소리
가 아니기 때문이다. 내 쪽에서 전한 사랑을 그쪽에서
부디 온전히 흡수하기만을 바라는, 그리하여 이 사랑
이 부디 스타의 수명에 건강한 자양분이 되기를 바라
는 대단히 이타적인 자세라고 생각해주면 좋겠다.
그리고 덧붙이자면, 덕질은 우리의 자아를 'one
of them'으로 납작하게 만드는 일이 아니다. 덕질은

매일같이 현생을 치르느라 여기저기 붓고 생채기가 난 자아에게 비로소 쉴 틈을 만들어준다. 스스로에게 지나치게 매몰되려는 찰나, 덕질이라는 펜스가 세워지고 지금부터는 기꺼이 'them'이 될 순간이다. 덕후들 스스로 지칭하는 '무명의 덕후'가 주는 안정감이란! 덕생은 사방이 사랑으로 가득 차 있어서 어떤 하루를 보냈든 다 괜찮아질 것 같은 대책 없는 안심을 준다. 그러는 사이 비루하거나 비대해진 자아는 회복된다. 미간에 잡혀 있던 주름이 펴지고 평온한 표정을 되찾는다.

그러니까 덕질은 아이돌과 내가 얼마나 연결돼 있는지를 따져보며 셈하는 일이 아니다. 특별한 성취 없이도 행복할 수 있는 순수가 아직 내 안에 살아 있음을 반갑게 확인하는 일에 가깝다.

애석하지만 이토록 성의 있는 답변에도 불구, 덕후는 곧장 다음과 같은 난관을 자주 맞닥뜨린다.

"이해가 안 돼. 나는 내 눈앞에 있고 만질 수 있는 현실의 사람이 좋던데."
아마 남성 아이돌을 좋아하는 '여덕(여성 덕후)'들이 제일 많이 듣는 소리가 아닐까. 이성인 아이돌을 좋아하는 일이 종종 그들과 '유사 연애'*를 하는 것처럼 비춰지기 때문이다. 그러나 남돌 여돌을 통틀어 모든 팬덤에서 (그 강도는 다를지라도) 공통적으로 경계하며 자정 대상으로 삼는 것 중 하나가 바로 이 유사 연애다. 얼핏 아이돌 개개인의 매력을 극대화시키는 장치 같지만 아티스트로서 내놓는 결과는 점점 지워지고 성애적인 소비로만 이어질 수 있으므로, 지나칠 경우 결코 건강한 덕질이라 할 수 없다. 이 같은 이유로 아이돌과 가장 거리를 두고 싶어 하는 이가 다름 아닌 덕후라는 것을 알는지.

물론 내 아이돌과 하이파이브나 악수할 기회가 생긴다면 틀림없이 하루쯤은 손을 씻고 싶지 않을 것이고, 팬사인회 같은 장소에서 눈을 마주치게 된다면 그 눈빛을 각막에 영원히 새기고 싶기야 할 것이다. 하지만 그러한 물리적인 맞닿음이 우리의 관계에 절대적인 요소는 아니다. 아이돌과 나의 거리는 언제나 무대와 객석 딱 그만큼의 가까움이면 충분하다고 생

---

*   자신이 좋아하는 분야의 대상에게 연애 감정을 느끼고 즐기는 행위. 특히 스타와 팬 사이의 남다른 애착 관계가 형성된 돌판에서 이러한 유사 연애는 어찌 보면 자연스러운 수순처럼 느껴지지만, 대부분의 팬덤에서는 대체로 지양하는 과몰입 형태의 덕질이다.

각한다.

멀리서 보면 이 사랑이 연애의 그것과 닮아 보일지 몰라도 조금만 가까이에서 보면 몹시 다르다는 것을 알 수 있다. 왜냐하면 연애 중인 머글과 덕질 중인 덕후는 서로 다른 이유로 각자의 사랑이 더 온전함을 주장할 테니까. 그러니 현실감을 기준으로 연애와 덕질을 비교하는 것은 애초에 번지수가 틀린 얘기다.

참, 그리고 아이돌은 외계인이 아니다. 우리와 같은 하늘 아래 멀쩡히 숨 쉬고 사는 사람이다. 어떤 이의 시야엔 아이돌이 홀로그램처럼 비현실적으로 보일지 몰라도 덕후에게 아이돌은 너무나도 일상적인 풍경이다. 하루 중 만나는 어떤 장면보다 선명하고 높은 채도로.

마지막으로 회심의 일격 같은 질문 하나만 더 시뮬레이션해볼까.

"아무리 그래도 시간 아깝지 않나? 아이돌 좋아할 시간에 차라리 OO를 하겠다."

이 말은 웃고 넘길 수 있는 앞선 사례들과 달리 덕후를 다소 자극하는데, OO의 자리에 무엇이 들어가든 실제로 순수한 제안이나 권유가 아니기 때문이다. 어쨌든 정중히 거절하자.

내가… 왜요? 그게 좋으면 그건 님이 하시면 됩니다.

'이리하는 것보다 저리하는 것이 낫다'라는 오만한 판단은 도대체 어디에서 오는지. 우리의 덕질은 '차라리' 다음에 무성의하게 딸려오는 아무거나로 대체될 수 있는 게 아닌데. 바야흐로 취향 찾아 삼 만리, 취향 범람의 시대 속에서 '취존'할 줄 모르는 이와 상대하는 것이야말로 정말 시간 낭비이니 이만 패스하도록 하자.

사실 이 모든 건 덕후를 향한 합리적(?) 궁금증이자 점잖은 알은체에 가깝다는 걸 잘 안다. 하지만 21세기에도 어디선가 무명의 덕후가 덕질의 쓸모를 의심받으며 훈장질당한다는 소리를 들으면 여전히 덩달아 울컥하고 마는 것이다. 그리고 여기까지 와다 털어놓고 난 뒤에야 문득 깨달아지는 섬뜩한 사실이 있다. 바로 아이돌 덕후에 대한 조소는 언제나 아이돌을 먼저 향했다는 것을 말이다. 보다 노골적이고 악의적으로 말이다. 김윤하 대중음악평론가의 『한국 대중음악 라이너노트』에도 그 뼈아픈 역사가 잠시 등장한다.

우리는 어쩌면 꽤 오랫동안 아이돌과 아이돌 음악을 오해하고 괴롭혀왔는지도 모른다. 아이돌은 아무런 영혼 없이 춤추고 노래하는 인형이며, 그들이 부르는 노래는 한때 반짝했다 사라지는, 아무런 생명력도 갖지 못한 음악 그 이상도 이하도 아니라고.

아아, 이거야말로 덕후를 향한 어떤 공격보다 속상한 오독 아닐까. 완전한 과거라기엔 여전히 가깝고 현실이라기엔 다소 희미해진 채, 아이돌 덕후에게 지독한 트라우마로 남은 편견 말이다. 희망적인 것은 전 세계 음악 시장에서 케이팝이 곧장 아이돌팝으로 치환되고 있는 오늘날, 케이팝의 강한 장악력이 대중의 호불호나 우려는 차치하고서라도 우선 아이돌을 향한 오랜 색안경을 어느 정도 벗기는 데 기여했다는 점이다. 덕분에 유서 깊은 아이돌 폄하가 그들의 팬으로 고스란히 이어지는 플로우도 분명 힘을 잃었고 말이다. 그런데도 뒷맛이 씁쓸해지는 건 왜일까.

그건 아마 아이돌 덕후로 지내는 오랫동안 마치 후천적 DNA처럼 새겨진 제 정체성에 대한 반사적인 움츠러듦이겠지. 이 미친 세상에 늘 '어제보다 더' 사랑할 수 있는 대상이 있다는 충만함을 느끼는 동시에, 바로 그 같은 이유로 이 마음이 영원히 비이성적

영역에 머물 거라는 예감. 마치 외딴섬에서 누리는 아늑함처럼 쓸쓸한 구석이 있다. 나 역시도 조금의 비틀린 구석 없이 오롯한 사랑을 느낄 수 있는 건 역시 덕질뿐이라고 확신하면서 놀라곤 하니까. 그런 생각을 했기 때문이 아니라 정말로 그러해서, 이런 믿음은 점점 더 강해지기만 해서. 나는 오늘도 아무런 전조 없이 벅차오르면서 생각한다. "누군가를 이토록 사랑한 적은 한 번도 없었을 거"*라고.

---

* 하이케 팔러, 『100 인생 그림책』, 발레리오 비달리 그림, 김서정 옮김, 사계절, 2019.

덕력도 능력이다

어느 여름, 글쓰기 워크숍에서 만난 A는 말했다. "좋아하는 마음도 능력인 것 같아요."

아직은 서로를 낯설어하는 표정으로 둘러앉은 첫 시간. 글쓰기로 말미암아 스스로를 더 잘 알아보고자 하는 이들에게 '내가 좋아하는 것과 싫어하는 것'만으로 자기소개를 해보자고 제안했다. 자기 자신으로부터 글감을 찾는 워밍업이기도 했거니와, 누구나 호불호에 대해 맘껏 떠들고 싶어 근질거리는 입을 가지고 있을 거란 단순한 짐작에서였다.

사람들은 골몰하는 듯하다가 대체로 싫어하는 것부터 재빨리 떠올렸다. 불호에 대한 확실함이 보다 쉽게 근거를 얻는 것 같았다. 거짓말이나 담배 냄새, 혹은 상식적이지 못한 직장 상사 등 서로의 불호 대상에 그래 맞아, 저건 못 참지, 쉽게 공감하며 맞장구를 쳤다.

반면에 좋아하는 것들을 모을 때에는 조금 더 진중해졌다. 저마다 자기 안의 좋음을 엄격하게 점검하는 모습이 어쩐지 귀여워 보였다. 지나치게 열심히 고르는 나머지 누구는 너무 많은 것을 좋아하는 사람 같았고, 누구는 도통 좋아하는 게 없는 사람 같았다. 머뭇거리는 모습조차 좋아하는 대상을 향한 애정의 일부처럼 느껴졌다. 결과적으로 사람들은 좋아하는 것을 꺼내놓을 때 독특해지고, 또 고유해졌다.

청소, 요가, 농구, 구름 바라보기, 노래 부르기…. 저마다 간직한 행복의 장면들이 구체적으로 상상됐다. 그때, 유독 좋아하는 것을 꼽는 데에 자신 없어 하던 A는 사람들이 피드백을 주고받는 틈에 이렇게 말했다. "무언가를 좋아하는 마음도 능력인 것 같아요."

그 말이 내내 마음에 남았다. 때마침 오랜 휴덕기에서 깨어나 한 아이돌 그룹에 뒤늦게 입덕해버린 시점이라 좋아하는 마음이 걷잡을 수 없이 부풀어가던 중이었다. 어서와, **늦덕**은 오랜만이지? 약 올리듯 산처럼 쌓여 있는 무려 3년 치의 떡밥은 나를 단숨에 활화산으로 만들었고, 나는 늦덕으로서의 본분에 최선을 다하며 현생과 덕생을 경계 없이 오갔다.

먼저, 내가 모르던 시절에 발매된 앨범들의 수록곡을 하나하나 찾아 들으며(파트가 구분된 가사집 없이 전 멤버들의 목소리를 구별하게 되었을 때의 짜릿함이란!) 디스코그래피를 훑는 것부터 시작했다. 요즘 아이돌의 앨범에는 오직 '내 아이돌'만의 당위성이랄까, 그들을 독특한 존재로 자리 잡게 만들어주는 세계관이 깃들어 있다. 따라서 간편하게 귀로 듣고 눈으로 감상하는 정도로는 절대 그들을 다 안다고 할 수 없다. 소속사가 예고 없이 던져주는, 스무 고개처럼 아리송한 떡밥과 웬만한 SF 시리즈물 저리 가라 하는 대서사의 뮤직비디오 스토리를 나노 단위로 탐구하다 보면 내가 덕질을 하는 건지 비문학 지문을 해석하는 건지 헷갈릴 정도다.

머리가 지끈거릴 땐 역시 유튜브만 한 게 없었다. 멤버별 입덕 포인트 정리는 물론, 금손 덕후들이 개척한 '천재만재'적 장르, '무대 교차 편집'이라는 신세계 덕분에 지난 앨범 활동들을 보다 빠르게 쫓을 수 있었다. 무대별·개인별 직캠을 카메라 동선까지 외울 듯 돌려보고, 그 안에서도 레전드라 불리는 영상들을 선별해 다운받아 틈틈이 마음의 양식으로 삼았다.

여기서 끝이 아니다. 브이라이브*와 '팬튜브(팬이 운영하는 유튜브 채널)'를 통해 멤버들 사이의 촘촘한 관계성을 속성으로 파악하고 데뷔 전부터 이어져온 인연을 부지런히 거슬러 올라가다 보면 이들의 운명적인 만남에 짜릿해지지 않을 도리가 없다(세상에, 너희는 붉은 실로 연결돼 있었구나!). 무엇보다 말

---

* 네이버에서 서비스하는 글로벌 스타 인터넷 방송 플랫폼 V LIVE. 주로 줄임말인 '브이앱(V앱)'이라고 불린다.

같고 앳된 얼굴로 분투하는 연습생 시절의 흔적을 되새김할 때는 마치 내가 제7의 멤버로 그 시절을 함께 겪기라도 한 듯 가슴이 뻐렁치곤 했다.

코로나 시대만 아니었다면 여기서 두세 문단 정도는 오프라인 덕질 이야기로 추가됐겠지. 부모님이나 주변 어른들이 학창 시절 우리들에게 공부 안 하면 더울 때 더운 곳에서, 추울 때 추운 곳에서 일하게 된다고 으름장을 놓았던 걸 생각하면 우습다. 가방끈이 길든 짧든 덕후라면 누구나 더울 때 더 더운 곳에서, 추울 땐 보다 추운 곳에서 오매불망 제 시간을 바치는 것이 숙명인 것을….

방구석 1열 덕질 루트를 매일같이 랜덤 재생으로 반복하는 사이 두 번의 계절이 지나갔다. 여름에서 겨울로, 계절은 황망한 모양으로 깊어가는데 마음 한구석에선 내내 초여름의 바람이 불어오는 듯했다. 덕질의 여운은 짙었고 그 여운은 다름 아닌 나를 향해 있었다. 맹목적으로 스타를 찬양했던 어린 날과 달리 덕후적 자아가 잔뜩 비대해진 삼십대의 덕질은 뭐랄까, 경이로운 지점이 많았다.

덕질은 마음의 문이 언제나 밖으로 활짝 열려 있도록 하는 일이다. 그러나 그 문 너머로 쏟아 보내는 무작정인 너그러움은 결코 당연한 게 아니다. 어렸을 때야 순진한 구석이 어느 정도는 남아 있었다 쳐도, 약아빠진 어른이 된 지금도 덕질을 하며 조건 없이 열정을 쏟고 무한히 이타적인 사람일 수 있다는 데 자주 놀라곤 한다.

아이돌을 향한 환상 없이도 그들에게 황홀해할 수 있는 지금, 내 덕생은 현생이라는 파도 위에서 제법 순항 중이다. 이판사판으로 굴러가는 고된 일상 속에서도 아이돌의 노래를 듣고 무대를 보면 곧장 순수하게 기뻐하며 감탄하고 마니까.

무엇보다 이러한 덕후 렌즈가 아이돌에게만 적용되는 건 아니다. 고슴도치 덕후는 시나브로 제 삶도 기꺼이 돌볼 힘과 용기를 얻는다. 아이돌과 무관한 삶의 풍경에서도 찬란한 조각을 발견하고 덕생에서의 충만함을 현생과도 자연스레 나눈다. 머글에겐 궤변처럼 들릴지도 모르지만, 끝없이 차오르는 덕심은 보통의 일상마저 기어이 근사하게 만든다.

'빈속에 커피를 마시지 말라'는 최애의 한결같은 잔소리에 바나나라도 하나 더 먹으며 아침을 시작하고, 특별한 성과나 작은 이벤트 하나 없이 조금은 허무한 듯 흘러간 하루의 끝에서 "아무 일 없이 하루를 보냈다면 그건 잘한 거예요. 그냥 평범하게 흘러갔다 생각하지 마세요. 내가 잘했기 때문에 무탈한 하루를 보낸 겁니다"라는 브이앱 멘트에 슬며시 안도의 미소를 짓곤 하니까.

그리고 나는 어느 11월의 시작을 이렇게 기억한다. 오랜 직장 생활을 끝내고 4년 차 프리랜서로 지내다 기어이 자영업자가 되겠다며 책방 오픈을 하루 앞둔 날. 지켜야 할 공간이 생긴다는 게 어떤 의미인지 아직은 잘 모르지만, 그동안 내가 수행해온 모든 역할이 골고루 요구될 것이 분명하여 마음이 복잡했더랬다. 직장인의 성실과 프리랜서의 작업량, 그리고 차차 체득하게 될 책방 주인으로 세팅될 새로운 일상까지. 긴장과 부담에 쉽게 압도당할 것 같았던 그 밤, 나는 최애 그룹의 한 멤버*가 했던 말을 곱씹으며 비로소 잠에 들었다.

"정말로 무언가를 열심히 했다면 결과는 딱 두 가

*　WM엔터테인먼트 소속의 '온앤오프(ONF)'. 효진, 이션, 제이어스, 와이엇, MK, 유로 구성된 6인조 보이그룹이다. 지금도 가끔 되새기는, 기막힌 명언의 주인공은 '이션'으로, 이 그룹을 향한 나의 구구절절한 사랑은 본문 144쪽부터 시작된다.

지밖에 없어요. 자기가 원하는 것을 얻거나 그 과정을 통해 뭔가를 배우거나. 이 두 개면 됩니다."

"내가 누군가에게 준 사랑은 세상을 돌고 돌아 다시 나에게 온다"*고 한다. 그렇다면 아이돌 덕후만큼이나 행복이 보장된 삶이 또 있을까? 세상에 뿌려놓은 덕심으로 말미암아 내 인생은 계획보다 분명 더 아름다워질 텐데. 그러니 덕후들이여, "어디서 온 것인지도 모르는 마음을 선물처럼 받"**는 날이 있다면 당신의 시절에 머문 아이돌들을 떠올려보자.

다시, A의 말을 붙잡아본다. 그가 만약 이 글을 읽는다면 같은 이야길 하겠지. "정말… 좋아하는 마음도 능력이네요"라고. 아무래도 내 이번 생의 가장 큰 동력은 덕력이 아닐까. 덕력을 재능의 영역이라고 생각하니 든든해진다.

---

*   무루, 『이상하고 자유로운 할머니가 되고 싶어』, 어크로스, 2020.

** 같은 책.

엄마의 사적인 시간을 관찰하며

세상은 두 종류의 사람으로 나눌 수 있다. 누군가의 덕후인 적 있는 사람과 그렇지 않은 사람. 그리고 내 생각에 덕후인 적 있는 사람은 대개 현재진행형 덕후로 지내게 되는 것 같다. 좀처럼 자신의 덕력이 과거형으로 설명되도록 내버려두지 않는다. 다른 장르는 어떨지 모르겠는데, 아마 아이돌 덕후라면 공감하지 않을까. 자신이 이 돌판을 아주 떠나는 날은 오지 않을 거라는 것을 말이다.

덕후와 비덕후는 서로를 먼발치서 바라보며 신기해한다(어떻게 저렇게까지 좋아할 수 있지? ─아니 어떻게 안 좋아할 수 있지?). 이 둘은 그냥 다른 종(種)에 가깝다고 보면 된다. 방탄소년단의 노랫말처럼 내 혈관 속 DNA가 말해준다. 나는 태생부터 덕후라고, 그것이 내게 주어진 운명의 증거라고….

물론 위와 같이 말했다가는 '정신 나간 빠순이' 소리 듣기 딱 좋았던 학창 시절. 친구가 자기 대신 브로마이드가 갈기갈기 찢길 때 우리 집에서는 나를 대신해 동방신기가 허상 맷집을 기르고 있었다. 아빠가 팬히 내 방에 한번씩 들어와 벽에 붙여놓은 브로마이드를 보면서 멤버들의 이마에 딱밤을 먹이고 나갔기 때문이다(너희냐? 우리 딸 정신머리를 빼놓은 애들이?). "아 우리 오빠 때리지 말라고오!!!" 내가 진심으로 화를 내면 엄마는 내가 아니라 아빠에게 핀잔을 줬다(네가 애니? 혜은이랑 똑같이 놀게?). 말 그대로 나랑 똑같이 놀아줬던 건 엄마였다. 덕후 DNA가 따로 있는 거라면 나는 그것을 엄마에게서 물려받았을 것이다. 학창 시절에 덕질하면서 엄마에게 등짝 스매싱 한 번 맞지 않은 사람이 있을까 싶은데 그게 바로 나다.

엄마는 덕질하는 나를 한 번도 한심하게 본 적이 없었다. 덕질'만' 할까 봐 다소 걱정한 적은 있어도, 내가 좋아하는 아이돌들에 기꺼이 관심을 갖고 그들의 매력을 스스로 발견했다. 내가 아침밥을 먹는 둥 마는 둥하며 KMTV 채널만 멍하니 쳐다봐도 엄마는 지각을 걱정할 뿐 채널을 돌리거나 TV를 끄지 않았다. 적어도 내 눈엔, 내 아이돌의 격렬한 몸짓과 명랑한 목소리를 성의 있게 봐주는 것 같았다.

그게 내 착각만은 아니었는지 엄마는 나만큼이나 내 (구)오빠들의 장점을 기억하고, 종종 근황을 묻곤 한다(걔는 요즘 뭐 해? 왜 TV에 안 나오니? 연기는 이제 안 한다니? 근데 이제 걔네는 전부 전역한 거야?). 내가 누구는 곧 마흔이고 누구는 진즉에 마흔을 넘었다고 하면 엄마는 잠시 믿을 수 없다는 표정이 된다. "걔네가 벌써 그렇게 됐으면 너는…" 하며 다 큰 딸의 나이를 새삼스럽게 실감하는 것이다. 그러다가도 안부가 궁금한 아이돌이 나와 또래일 경우엔 꼭 "어머, 걔네는 아직도 스무 살 같은데!"라고 터무니없는 소리를 한다. 하지만 제 아이돌을 언제까지나 '아기'로 대할 수 있는 뻔뻔한 자세야말로 덕후의 기본 소양이라 할 수 있겠지. 엄마는 확실히 덕후의 자질이 있다.

아니, 엄마는 이미 덕후였다. 내가 초등학교 3학년 때 god로 아이돌 덕생의 스타트를 끊었다면, 엄마는 초등학교 5학년 때 배호를 시작으로 대중가수 덕후가 되고 만다. 열두 살의 문자 씨는 알았을까. 시간이 흘러 배호의 〈비 내리는 명동거리〉를 대한민국에서 제일 잘 부르는 남자(물론 엄마 피셜이다)와 결혼하게 될 거라는 걸. 엄마는 내가 노래를 계속하지 않은 것보다 아빠가 충분히 젊을 때부터 시니어 트로트 경연대회 등에 도전하지 않은 것을 거의 매년 아쉬워한다. 곧 일흔인 아빠를 보면 이제 그만할 때도 됐는데 당신들이 귀촌한 지역에서 열리는 크고 작은 축제날 아빠가 사람들의 등쌀에 못 이겨 엿장수 옆에서 노래라도 한 곡 뽑고 온 날이면 엄마의 오래된 미련은 더욱더 짙어진다.

배호 노래를 기가 막히게 부르는 시골 남자를

만나기 전까지 엄마의 가장 오래된 원픽은 남진과 나
훈아였다. 얼굴은 남진, 목소리는 나훈아라나 뭐라
나. 대격동의 남진 VS 나훈아 시대에서도 공평하게
마음을 나눠준 엄마를 생각하니 내가 괜히 god를 좋
아하면서도 신화의 무대에 감탄했던 게 아니지 싶다
(지금이야 팬덤 사이에서 본진을 둔 채로 남의 돌판을
기웃거리거나 은근슬쩍 영업하는 일이 자연스럽지만,
1990년대는 여전히 살벌한 라이벌 시대였다).

　　또한 엄마는 행동하는 팬이었다. 외할머니의 화
장품을 몰래 빌려 당시엔 미성년자 입장이 불가능했
던 극장 공연을 야무지게 관람하고, 성인이 된 이후
에는 초청 가수 라인업이 쟁쟁한 나이트클럽에 가서
소기의 목적도 잊고 신나게 흔들다 오곤 했단다. 엄
마는 무대 위의 사람들을 부지런히 동경하며 청춘을
보냈고, 마침내 딸을 임신하게 됐을 때, '별'이나 '태
양'처럼 반짝이는 존재를 빌려 이름을 짓고 싶어 했
다. 아빠가 턱도 없는 소리 하지 말라며 지금의 내 이
름을 지어주었지만. 시간이 흘러 '별'과 '태양'으로
활동하며 큰 사랑을 받은 가수들이 존재한 걸 보면 아
빠도 그때만큼은 엄마의 의견을 따랐다면 좋지 않았
을까 싶다.

　　엄마는 친구와 함께 호기롭게 장충체육관 앞으

로 달려갔건만 티켓 부스 앞에서 턱없이 부족한 현금에 망연자실했던 열아홉에서, 없는 살림에도 보고 싶은 공연의 표를 싸게 구하는 노력을 게을리 하지 않는 주부가 되었다. 자신이 운용할 수 있는 삶의 규모와 무관하게 엄마의 음악 취향은 넓어졌다. 지인들은 악착같이 취향을 지키는 엄마를 기억해두었다가 어쩌다 공연 초대권이 들어오면 꼭 엄마에게 선물하곤 했다. 아동극이 아닌 내 생애 첫 뮤지컬도, 유일한 오페라 관람도 엄마가 아니라면 경험의 시기는 분명 더 늦어졌을 것이다.

그런 날이면 엄마는 평소보다 시간을 내서 단장한 뒤 친구 대신 나를 데리고 나갔다. 가까운 시내가 아니라 서울로 나갈 때면 나도 나름대로 기분을 내기 위해 종종 엄마의 옷을 빌려 입곤 했는데, 꾸미는 데에 일가견이 있는 엄마는 내 코디를 꼼꼼하게 봐주면서도 막상 내가 당신 옷장에서 제법 근사해 보이는 걸 고르면 "그거 입는 건 괜찮은데 뭐 흘리면 절대 안 돼"라고 새침하게 말했다. 나는 외동딸이었지만 꼭 언니 같은 엄마가 좋기도 하고 가끔 어이없게 얄밉기도 했다.

그렇지만 바로 그 때문에 우리는 가끔 좋은 친구가 될 수 있었다. 돌이켜 보면 그 시절 엄마에게 필요했던 것 중 하나는 서로의 사정을 짐작하지 않고 곧장 닿을 수 있는 친구가 아니었을까 싶다. 엄마를 사치스럽거나 허영심이 많다고 은근히 비난하지도, 선부른 측은지심으로 바라보지도 않고 그저 당신의 있는 그대로를 받아주고 기꺼이 장단 맞춰주는 오래된 친구 말이다. 나는 특별히 성숙하거나 엄마의 면면을 헤아려보는 기특한 딸은 물론 아니었지만, 엄마가 어떤 순간에 홀가분해하는지 알아채는 가장 가까운 존재였던 것 같다.

엄마는 지금도 딸네 집에 왔다가 당진으로 돌아가는 길에 고속버스 출발 시간까지 30분만 짬이 나도 터미널과 연결된 백화점 이벤트홀이라도 한 바퀴 돌아야 직성이 풀리는 사람이다. 육십이 훌쩍 넘도록 여전히 좋아하는 것들 앞에 서면 문방구 앞을 서성거리는 어린아이 같은 사람. 어릴 때는 예쁘고 근사한 것들을 그냥 지나치지 못하는 사람 특유의 무구함이 가끔 거북하거나 부담스럽기도 했는데, 이제는 한사코 형편에 납작해지지 않았던 그 마음을 지켜본 시절이 소중하게 느껴진다. 그런 엄마의 사적인 모습을 관찰하며 자란 덕분에 나는 엄마를 연민보다는 우정으로 대할 수 있게 되었다. 그건 엄마도 마찬가지였던 것 같다.

우리가 함께 살 때, 엄마는 집안일을 하다 말고 종종 내게 주문했다. "혜은아, 엄마 좋은 노래 좀 틀어줘." 플레이리스트를 만드는 건 말하자면 내가 엄마에게 할 수 있는 가장 쉬운 효도였다. 음악을 감상하는 엄마는 가끔 바깥 나들이에서 본 표정을 지었기 때문에, 나는 트랙리스트를 만드는 데 남다른 자부심이 있었다. 컴퓨터가 있는 내 방에서 음악을 틀고는 부엌이나 거실에 앉아 있을 엄마를 향해 "좋지? 이 노래 좋지?"라고 확인하던 학창 시절은 소중한 기억으로 남아 있다. 가열차게 덕질하던 시절이었으므로, 최애 그룹들의 발라드 수록곡을 끼워 넣고 엄마의 반응을 기대하는 소소한 재미도 빼놓을 수 없다. 그 시절 엄마는 내 짐작대로 동방신기의 〈Beautiful Thing〉과 샤이니 종현의 〈혜야〉를 특히 좋아했다. 그러나 어떤 음악은 말하지 못한 마음 같아서, 엄마가 몇 번이고 거듭해서 듣자고 하면 취향을 제대로 저격했다는 뿌듯함보다는 낯설게 풍겨오는 분위기에 왜인지 불안해지곤 했다.

나의 허튼 예민함과 달리 엄마는 서서히 고정되어버린 일상 속에서 무엇이 자신에게 자유로움을 느끼게 해주는지 잘 알고 있던 것 같다. 공부 좀 하라고 채근하는 대신 어린 딸의 랜덤 재생 플레이리스트에 기대 하루를 달리 해석해볼 기운을 얻었던 엄마를 상상해본다. 영화 〈비긴 어게인〉의 명장면, 댄과 그레타가 이어폰을 나눠 낀 채 감상하는 공원이 떠오른다. 이제 막 배경음악이 흐르기 시작한 풍경에 한껏 고무된 댄은 말한다. "난 이래서 음악이 좋아. 지극히 따분한 일상의 순간까지도 의미를 갖게 되잖아. 이런 평범함도 어느 순간 갑자기 진주처럼 아름답게 빛나거든. 그게 바로 음악이야."

부모님이 서울을 떠나 귀촌한 지도 10년이 넘었다. 엄마는 호숫가의 플리마켓이나 동대문시장, 결정적으로 백화점이 없는 도시에서 주말을 보내는 데 익숙해졌다. 어디선가 주워들은 음악을 대충 허밍으로 흥얼거리만 해도 찰떡같이 알아듣고는 음원을 다운받아 휴대폰에 넣어주는 딸과의 물리적 거리도 이젠 그리 외롭게 느껴지지 않을 것이다.

엄마의 사적인 시간은 이제 무엇으로 채워지고 있을까. 출구 없는 마음들을 어디에 묻어두고 있을까. 언제나처럼 오랜만에 당진에 내려간 나는 짐을 내려놓고 말한다. '엄마, 나 배고파' 대신에,

"엄마, 내가 좋은 노래 틀어줄까?"

찾았다, 오 마이 덕메!*

*　걸그룹 '오마이걸(OH MY GIRL)'의 인사법, "찾았다~
오마이걸! 안녕하세요, 오마이걸입니다!"를 차용.

S는 스타벅스 입구에 마련된 빗물 세거기에 젖은 우산을 털며 말했다. "야, 오늘 같은 날엔 〈우산〉 들어야 되는 거 알지?" 귀에 블루투스 이어폰이 꽂힌 채였다. 여기서 우산이라 함은 윤하가 피처링한 에픽하이의 히트곡 〈우산〉이 아니고, 샤이니의 〈투명 우산〉도 아니다. S가 한창 덕질 중인 아이돌 NCT 127의 〈우산〉임을 절친인 내가 모를 리 없었다.

고개를 끄덕이며 동의했지만 사실 나는 조금 짓궂게 굴고 싶었다. 부러 "어떤 우산? 에픽하이?"라고 되물은 뒤 S가 잠시 헛웃음 짓는 걸 보고 싶었다. 아니면 〈투명 우산〉이 실린 샤이니의 정규 5집 '1 of 1'이 나오기 전에 탈덕해버린 S에게 그 노래가 얼마나 명곡인지 들려주고 싶었다. 하지만 나는 S를 보자마자 이 책의 초고가 될 원고 쓰기에 대한 어려움과 좀처럼 해소되지 않는 두려움에 대해서만 와르르 쏟아냈다.

덕질을 하다가 크고 작은 속상한 일—거의 모든 엔터 소속사의 공통점이라 할 수 있는 답답한 일처리와 소속 아티스트에 대한 무심함(소속사가 얼마나 애쓰든, 언제나 팬들 성에는 차지 않는다), 편집권과 출연권을 손에 쥔 방송국의 어처구니없는 갑질과 불공정거래, 그 사이에서 아티스트의 성취와 매력자본이 시장과 대중에게 유효하도록 애쓰는 팬들을 불가촉천민 취급하는 분위기 등 덕질에 딸려오는 조마조마한 마음과 그늘이 비대해지는 일—이 생기면 으레 S에게 하소연을 해왔듯, 내 입장에서는 덕질의 끝판왕이라 할 수 있는 이 책 작업의 고충도 오직 S에게만 미주알고주알 털어놓을 수 있을 것 같았다. 가장 혼자가 되어야 하는 글쓰기에 이토록 덕메가 절실해질 줄은 몰랐다.

　　S는 나의 덕질 선배이자 아직까지 내 인생의 유일한 덕메다. 우리는 동방신기의 전성기를 함께 누렸고 해체를 조용히 슬퍼했다. 매일이 축제 같던 날들과 혼란했던 애도의 현장 모두 S와 함께여서 쓸쓸하지 않았다. 그 과정에서 슈퍼주니어로의 입덕 부정기를 겪을 때 나를 제 쪽으로 확 잡아 이끈 것도 S다. 이윽고 누난 너무 예쁘다며 온몸으로 어필하는 샤이니가 등장했을 때, 소란했던 교실을 기억한다. 쉬는 시간마다 반 곳곳에 둘러앉은 아이들은 주말 음악방송이 송출한 샤이니의 데뷔 무대에 대해 떠들어댔다.
　　바야흐로 90년생들도 국민 여동생 원더걸스 소희와 소녀시대 서현에 이어 '어린 오빠'들을 얻게 된 것이다. 샤이니라고 해도 그래 봤자 한두 명의 멤버가 우리보다 두세 살 정도 어린 거에 불과했지만 아무래도 남다른 타이틀곡 때문인지 당시만 해도 상당히 저돌적인 등장처럼 느껴졌다. 그 잔망이 사뭇 낯설면서도 '저 바가지 머리는 대체 누구지?'라며 MP3에 뮤직비디오를 다운받아 돌려보고 있을 무렵, S는 일찍이 '샤월(샤이니 팬덤명, 샤이니 월드의 준말)'이 될 준비를 마쳤고 나는 조금 당황했다. 아니, 왜? 발에 동상이 걸리는 게 아닌가 싶을 정도로 아찔하게 추웠던 겨울밤, 임진각 야외무대 위에서 입김을 펄펄 날리는 슈퍼주니어를 보며 맞이했던 2008년 새해가 반년도 채 지나지 않았는데, 벌써?

아직 내 안엔 모든 아이돌이 그러데이션으로 번져 있는데, 무지개처럼 하나하나 색은 다르지만 같은 모양과 방향으로 내 마음을 감싸고 있는데. 나와 달리 S는 미련 없이 제 마음에 곧장 다른 색을 덮어버리곤 했다. 그러나 덕메이기에 앞서 그 애의 절친인 나는 묘한 배신감을 느끼면서도 그 변화무쌍한 사랑에 매번 물들어갔다. 결국 수능이 끝나고 얼마 지나지 않아 S와 함께 샤이니 콘서트장에서 눈물짓고 말았으니까.

우리가 처음 서로의 존재를 인지했던 건 열다섯. 맞은편 반에 앞으로 평생을 함께할 덕메가 있는 줄도 모르고 각자의 덕질에 집중하기 바빴던 시절이다. 물론 이따금씩 복도에서 마주치는 S는 동방신기의 팬클럽 굿즈로 나온 빨간 후드재킷 — 등판에 동방신기가 무려 한자로 프린트돼 있다 — 을 교복 위에 걸쳐 입었던 탓에 나(뿐만 아니라 모든 아이들)의 시선을 강타하며 유난한 덕력을 뽐내긴 했지만. 나도 나대로 그 애 앞에 의도치 않게 얼쩡거렸다. 점심시간마다 걔네 반에 있는 내 다른 친구를 만나기 위해 놀러 가면 S는 사물함 쪽에 앉아 무리를 지어 플래카드를 만들거나 동방신기 노래를 따라 부르고 있었는데, 그때마다 나도 부러 들으란 듯이 흥얼거리며 내 존재를 알렸다. 떠들썩한 걔네들의 목소리가 다소 잦아질 때면 틀림없이 간밤에 본 '팬픽' 이야기가 시작된단 뜻이므로, 은근슬쩍 옆으로 가 내가 선호하는 커플명을 흘리면서 그 애들의 주위를 잠깐 뺏기도 했다. 그러면 우리는 별안간 맞닥뜨린 서로의 취향에 질색하면서도 어쨌든 반갑다는 듯 얼굴을 찌푸리며 한바탕 웃었다.

덕질이란 그런 거니까. 너와 내가 같은 아이돌을 좋아한다는 것만으로도 우리 사이의 모든 경계를 단숨에 허물어트리니까. 무엇보다 나이를 막론하고 이 공식이 유효하다는 걸 확인하는 요즘인데, 그런 면에서 덕후는 타고나기를 어느 정도 순진한 구석을 간직할 수밖에 없는 존재 같다. 상대에 대한 내 호오를 진득하게 살필 겨를도 없이 방금 전까지 생판 모르는 남이었던 사람과 '우리'가 될 수 있는 것. 그건 우리가 '덕후(德厚)', 풀이 그대로 덕이 두터워서일까?

　　과연 우리의 덕은 마를 날 없어 보이지만 S와 나는 서로 다른 덕생을 보낸 지 오래다. 샤이니를 끝으로 친구는 갓세븐을 거쳐 ('플라이 투 더 스카이' 오빠들과 함께 레트로 덕생을 즐기는가 싶더니) 더보이즈에 뼈를 묻을 것처럼 굴다가 현재는 이 구역 세계관 끝판왕인 NCT에 머물러 있다. '덕(德)'분에 S에겐 든든하고 노련한 덕메들이 아주 많다. 내가 예전처럼 스며들지 않아도 S의 덕질은 충분히 풍요롭고 즐거워 보인다. 더는 내게 제 아이돌을 영업하지 않는 S가 덕메들과의 '덕적인' 일화를 넘어 사적인 에피소드를 풀 때마다 나는 장난처럼 질투한다. S의 덕이 두터워질 때마다 우리의 덕생이 뚜벅뚜벅 멀어지는 것 같아 아쉽기도 하다.

　　빠르게 줄어드는 커피와 달리 덕질의 추억은 모래알만 한 기억에도 진심이 가득해서 천천히 소화해야 했다. 바깥에는 여전히 봄비가 내리고 있었다. 잠시 쉬어 가던 대화는 샤이니의 〈Don't Call Me〉를 들어봤느냐는 친구의 물음으로 이어졌다.

"당연히 들어봤지."

"뮤직비디오도 봤어?"

"당연하지!"

샤이니의 근황에 대해 무엇을 더 물든 나는 일단 당연하지! 게임으로 이어질 준비가 됐는데, S는 조금 다른 얘길 꺼냈다. 걔는 모르고 내게만 가끔 업데이트되는 얘기가 아니라, 걔와 나의 같은 시간 속에 머물러 있는 한 사람에 대해.

"오랜만에 완전체로 무대 하는 거, 브이앱 같은 거 찾아봤는데 역시 잘하더라. 멋지고…. 그리고 종현이 생각이 많이 났어."

고백이랄까 감상이랄까, S의 말은 서툰 피아노 연주자가 조심하며 누르는 건반처럼 천천히 번져갔다. 떠나보낼 수 없는 아픔을 모처럼 따뜻하게 그리워하는 일은 혼자가 아니라 S와 함께여서 가능했다. 곱씹을수록 재생되는 종현의 생생한 존재감에 우리 모두가 알고 있는 현실이 오히려 비현실적으로 느껴졌다. 시간이 아무리 흘러도 고여 있다는 말이 참 안 어울리는 사람. 우리의 애도는 언제까지나 필연적으로 서툴 수밖에 없을 것이다.

종헌에 내해 S와 온도차 없는 이야기를 나누는 동안 나는 깨달았다. 오랜 우정이자 유일한 덕메인 S와 어린 날의 덕질을 꺼내 보는 일을 내가 얼마나 좋아하는지 말이다. 그건 내게 지금 여기에서 느끼는 막막함과 외로움을 가장 쉽게 지우는 일이다. 순진하게 감탄하고 순수하게 기뻐했던 순간들을 곱씹다가 여전히 그렇게 사랑에 빠지는 거야말로 우리에게 가장 익숙한 일이 아닐까 짐작하면서 말이다.

"우리 나중에 같이 살자. 각자의 방엔 제일 좋아하는 가수의 브로마이드를 붙이는 거야."

이런 미래를 상상하는 데에 제법 진지했던 우리를 떠올려본다. 초딩도 중딩도 아닌, 곧 스물을 앞둔 고등학생 둘이 머리를 맞대고 기대한 내일의 우리도 역시, 덕후였다. 말하자면 투룸을 구할 수 있는 재력을 갖춘 덕후랄까(이거야말로 '성공한 덕후'잖아!).

이 다짐은 최근 새롭게 진화되었는데, 우리를 볼 때마다 결혼은 안 하느냐고 핀잔을 하시는 제 어머니께 S는 이렇게 말하곤 한다. "혜은이랑 실버타운 들어가 살면 돼." 더는 귀엽지도 않은 딸들에게 어머니는 한숨으로 대꾸하시고. 그러나 S와 나는 둘의 덕후적 미래에 관해서라면 이상하게 굳건하리란 믿음이 있다. 그리하여 덕메를 넘어서 '실메(실버타운 메이트)'를 꿈꾼다(이왕이면 각자의 최애로 벽지를 꾸밀 수 있는 곳으로!).

당장은 벽지를 대신할 포스터를 모으는 대신, 언제 어디서나 내 아이돌과 눈빛을 교환할 수 있도록 항시 **포토카드**(대체로 '포카'라 부른다)를 지니는 걸로 만족하고 있다(주문한 음식이 테이블에 근사하게 차려지면 주섬주섬 최애의 얼굴이 새겨진 포토카드를 꺼내 들고 사진을 찍는 우리를 부끄러워하지 않겠다!). 그래도 멀지 않은 미래엔 우리가 한 번 더 같은 콘서트장 안에서 뛰고 있었으면 좋겠다. 그 여운을 안고 돌아와 각자의 방이 아닌, 같은 거실에서 숨을 몰아쉬는 덕후의 새벽은 상상만 해도 충만해진다.

아마도 지금은 덕질의 호시절

2021년 3월 3일. '오늘의 할 일력'*은 다음과 같은 미션을 주었다.

아침을 기분 좋게 시작할 수 있는 '좋아하는 일' 한 가지를 찾아보세요. 어떤 하루가 될지 모르니까 아침에라도 좋아하는 일 하나는 해봐야죠.

좋아하는 일… 벌써 해버렸네? 여느 날과 달리 고민보다 빠른 대답을 떠올리며 경쾌하게 일력을 뜯었다. 드립커피를 내리는 고양이 그림 옆에 짤막하게 코멘트를 달아두었다.

커피를 내리며 책방을 오픈하는 일. 책방은 분명 두려운 시작이었지만 이제는 내 하루 중 가장 근사한 현실을 만나게 해주는 곳이 되었다. 이거면 됐지. 진심으로 좋아하게 됐으니까.

전동 그라인더 속 커피콩들이 곱게 분쇄되는 모

---

* 김신지 작가의 글과 서평화 일러스트레이터의 그림이 담긴 그림에세이 일력(휴머니스트, 2020). 매일 비슷하게 반복되는 우리의 나날에 새로운 경험과 신선한 영감이 더해질 수 있도록 '매일의 할 일'을 제시한다.

습을 빨려 들어갈 기세로 들여다보는 일. 그 가루들이 맑은 밤색으로 쪼르르 내려오는 걸 다시 멍하니 응시하는 일. 이내 고소하고 따뜻한 향기가 스며든 책방 공기에 매번 새롭게 감탄하는 일. '아, 나는 이런 공간을 좋아했지. 그런데 이 공간이 내 것이라니!' 망원동에 작업실 겸 책방을 오픈한 이래 매일같이 반복되고 있는 아침 루틴이다.

상가 계약서에 사인을 하던 2020년 가을. 오랜 직장인에서 3년 차 프리랜서로 지내다 별안간 자영업자가 되었다. 이 모험의 배경이 다름 아닌 코로나 시대라는 점은 그다지 절망적이지 않았다. 책방은 팬데믹 이전에도 언제나 살아남는 것이 제1목표일 수밖에 없는, 그 짠한 속사정을 익히 알고 있었으므로 특별한 로망도 없었다. 그럼에도 동업자를 구하는 동료 작가에게 덥석 손을 내민 것은 스스로도 좀 의아했다. 글밥을 먹으며 간소히 사는 삶에 겨우 익숙해졌는데, 잔잔한 마음에 다시금 파도가 인 것이다. 나는 배를 멈추기보다는 닻을 올리는 쪽을 선택했다. 말하자면 덕통사고를 겸허히 받아들이는 덕후의 심정으로 말이다.

문득 친구 따라 본 오디션에 덜컥 붙으면서 스

타가 탄생되는 클리셰가 떠오른다. 나는 친구 따라 책방 주인이 되었고, 우리는 나란히 망원동에서 데뷔를 한 셈이었다.

책방지기가 된 지도 1년이 훌쩍 넘은 지금, 나는 내가 덕후일 수밖에 없는 이유를 새롭게 깨닫고 있다. 망원역 2번 출구를 나와 걷다 보면 아직도 모든 게 신기루 같다는 생각을 한다. 책을 사는 손님이 없고 글 작업에도 진전이 없는 날이면 책방도 작업실도 아닌 외딴곳에 덩그러니 고여 있는 기분도 들지만, 서가 구석구석을 빙 둘러보고 나면 이내 뭉클한 마음이 드는 것이다. 나의 고민과 취향이 고스란히 담겨 있는 책과 쓰기의 흔적들, 그리고 이 모든 것을 구석구석 비추는 오후의 햇볕…. 여태껏 가져본 적 없는 아름다운 풍경에 다시금 익숙한 감탄이 번진다. '아, 나는 이런 공간을 좋아했지. 그런데 이 공간이 내 것이라니!'

아수라장인 마음을 안고서도 틈틈이 행복해하는 내 모습을 나는 다행스럽게 확인한다. 책방은 이곳에서 바라보는 풍경과 거의 정반대의 현실을 씩씩하게 살아갈 용기를 심어주니까. 어라, 이 기시감, 뭐야…. 덕질하는 나잖아?

나에겐 책방 주인, 책방지기보다 '작업책방 씀'
의 '씀덕후'란 호칭이 더 어울린다. 동업자에겐 미안
한 말이지만 나는 책방을 운영한다기보다 덕질에 가
까운 마음으로 공간을 돌보고 있는 것 같다. 더욱이
지속 가능한 덕질을 위해서는 덕질하는 스스로의 모
습이 마음에 들어야 한다는 주의인데, '씀덕후'로서
의 내 모습은 그냥 윤혜은보다 언제나 근사하니 이 책
방과 적당한 거리를 두는 일은 아무래도 요원해 보인
다. 다소 광기 어린 이 마음을 자타공인 '윤상 덕후'
인 신형철 문학평론가가 보다 우아하고 지적인 언어
로 표현해주었다.

이런 '나'는 내가 가장 덜 싫어하는 '나'들 중 하
나다. 덕질, 즉 어떤 대상을 최선을 다해 사랑해 보
는 이 드문 경험은 왜 귀한가. 일본 작가 히라노 게이
치로는 우리가 자신의 전부를 좋다고 말하기는 어려
워도 누군가와 함께 있을 때의 내가 좋다고 생각하는
것은 충분히 가능하다고 말한다. (…) 나 자신을 사
랑할 줄 아는 능력, 덕질은 우리에게 그런 능력(덕)
을 준다. 자꾸만 나를 혐오하게 만드는 세계 속에서,
우리는 누군가를 최선을 다해 사랑하는 자신을 사랑
하면서, 이 세계와 맞선다.*

그래서 책방을 하게 돼 무엇이 가장 좋으냐고 묻는다면 단연 내가 이 세계와 적극적으로 호흡하고 있다는 감각이라고 말할 수 있겠다. 혼자 살고, 혼자 일하며 대부분의 시간이 1인분 분량에 맞춰 굴러가던 작고 좁은 세계에 문 하나가 생긴 것이다. 아직 읽지 않은 책 같은 사람들이 머물고 떠날 때마다 나는 세계를 환대하는 방법을 배운다. 어떤 이는 기꺼이 자신을 펼쳐 보인 덕분에 내가 그를 몇 페이지 읽게 되기도 하지만, 대부분 목차조차 짐작하기 어려운 채로 비밀스럽게 존재하다 사라진다. 그들은 자신 대신 우리 책방에서 발견한 책을 펼치고, 스스로는 다른 곳에서 읽히기를 기다릴 것이다.

이런 풍경을 앞두고 있노라면 나는 혼자 방 안에 있을 때보다 좋은 표정을 지을 수밖에 없다. 그리고 미소 짓는 나만은 분명히 느낄 수가 있다. 의식된 꾸밈이 아니라 마음의 근육이 자연히 당겨지는 순간들을. 책방을 열지 않았다면 있는 줄도 몰랐을 근육이 점점 더 단단해짐을 느낀다. 나는 그 힘으로 글을 쓰고 친구와 멀리 산책을 나간다. 돌아와서는 미루고 싶은 집안일을 시작한다. 제때 정돈하고 밥을 지어

---

* 「어느 윤상 덕후의 고백」, 『언유주얼』 vol.6 '도덕책'.

냉장고에 착착 얼려둔다. 책방에서 얻은 사랑과 돌봄의 흔적이 일상에도 새겨지는 것이다. 과연 덕질은 유익하다. 책방 덕질이라면 말할 것도 없다.

물론 모든 덕질이 꽃길만 걸을 순 없듯이 책방 덕질에도 부침이 많다. 아니, 책방 덕질이야말로 내 **덕주**의 존폐가 곧 나에게 달린 엄청난 덕질이라고 할 수 있다. 하지만 이 글에서 시시콜콜한 위기들을 털어놓고 싶지는 않다. 덕후는 결국 그 모든 것을 이겨내고 사랑만 기억하는 존재이니까.

오픈 준비를 마치고 마침내 내 몫의 갓 내린 커피를 담은 잔을 꼭 쥐어본다. 오늘도 내가 만난 세상의 전부가 될 이곳을 잘 사랑하고 싶다. 마침 읽고 있는 책에서 이 사랑을 정확하고 완전하게 표현하는 시구를 발견했다.

페르난두 페소아의 말을 빌려 작업책방 씀을 향한 이 사랑을 고백해본다. "내 마음은 이 온 우주보다 조금 더 크다"*라고.

---

*   페르난두 페소아, 「기차에서 내리며」, 『초콜릿 이상의 형이
      상학은 없어』, 김한민 옮김, 민음사, 2018.

Lights On! 안녕하세요, 온앤오프입니다*

*   보이그룹 '온앤오프(ONF)'의 인사법, "Lights On! 안녕하
    세요, 온앤오프입니다!"를 차용. 퇴장 인사를 할 때엔 "지
    금까지, Light Off! 온앤오프였습니다!"라고 외친다.

2020년 6월 4일, 서바이벌 프로그램 〈로드 투 킹덤〉(이하 로투킹) 3차 경연 무대에서 온앤오프는 비의 〈It's Raining〉을 자신들 특유의 청량하고 명랑한 기운을 가득 담아 커버했다. 원곡이 깊은 지하 속 후덥지근한 클럽을 연상케 하는 관능적인 무드라면, 온앤오프의 무대는 짙푸른 광장 위에 펼쳐진 한여름 밤의 축제처럼 벅차오르게 하는 감동이 있었다. 멤버들의 머리부터 팔과 다리에 부서지듯 떨어지는 조명이 꼭 달빛처럼 찬란하게 느껴졌다. 특히 마지막 전조부터 이어진 여섯 명의 후련한 미소가 인상적이었다. 거실 바닥에 앉아 감상하기엔 아쉬울 만큼 짜릿한, 참 쾌청한 무대였다. 눈치 없는 광고가 이 무드를 깨지 못하게 음소거 버튼을 누르고 베란다 문을 활짝 열었다. 바깥은 고요했고 미지근한 열기가 남은 밤바람만이 은근하게 불어왔다. 축제가 끝난 뒤 따라오는 뭉클한 여운처럼, 거실 안으로 서서히 밀려들어왔다. 또 한 번, 휴덕의 종지부를 알리는 부드러운 신호탄이었다.

이 무대로 데뷔 3년 만에 처음으로 '1위'라는 타이틀을 얻게 된 그룹 온앤오프의 소감은 그 진하기의 정도가 남달랐다. 공식 앨범 활동 기간 중 음악방송이나 음원차트에서 거머쥔 1위가 아니었다. 공신

력 있는 시상식에서의 명예로운 수상도 아니었다. 서바이벌 프로그램에서의 누적 순위 발표식일 뿐이었다(그렇다. 최종 결과 또한 아니다). 그럼에도 눈앞의 성취를 잠시 얼떨떨해하다가 이내 흐느끼듯 기뻐하는 모습은 몹시 인상적이었다. 내 눈에 아직 완전히 익지도 않은 얼굴들이 마침내 하나둘 불이 켜지듯 환해지는 걸 지켜보면서 그들이 겪어온 인내와 품어온 간절함의 그림자를 상상했다. 이어지는 멤버들의 인터뷰를 경청할 때에는 멀리서 열기 섞인 바람이 눈가로 불어오는 듯했다.

"저희가 데뷔한 지 약 3년 정도 됐는데 그동안 뭔가를 크게 못 보여드린 것 같다는 생각이 들었어요. 그런데 이번에 '무대 위에서 진짜 잘하는 친구들이구나' 이런 인정을 받은 느낌이라 너무 기뻤어요." (효진, 보컬 라인 '온'팀 리더)

"많은 분들께 '온앤오프라는 팀이 있어요, 저희 이런 무대에서 1등할 수 있는 그룹이에요…'(라는 걸 보여드리고 싶었어요)." (제이어스, 퍼포먼스 라인 '오프'팀 리더)

이것은 1위를 차지한 사들의 사랑스러운 소감이라기보다는 뭉클한 소회에 가까웠다. 적지 않은 시간, 대중적으로 괄목할 만한 성과 없이도 제가 속한 현실에서 묵묵히 꿈을 지탱해온 이들이 풀어놓는 진솔한 고백. 그 어조와 태도마저 잔잔하고 담담해서 더욱 애틋하게 들렸다.

나는 왜인지 이들의 심정을 아주 조금이나마 알 것 같았다. 첫 책을 낸 뒤 비로소 '쓰고 싶은 사람에서 마침내 쓰는 사람'이 되었다고 선언한 것이 무색하게 저 혼자 열패감에 사로잡히던 때였다. 에세이스트로서의 데뷔는 내가 상상할 수 있는 가장 좋은 곳이었는데, 막상 거기에 도착하고 보니 이따금씩 연결되는 독자들의 촘촘한 다정에 감격스럽다가도, 도서의 판매지수나 아직 소진되지 못한 초판 부수의 재고를 셈하며 남몰래 휘청거리는 날이 반복됐다.

그 무렵의 나는 좋아하는 일을 하면서도 얼마든지 불행해질 수 있다는 사실을 가슴으로 깨달아가고 있었다. 이쯤에서 포기하고 싶은 게 아니라면, 호시탐탐 끼어드는 막막함을 다스리며 나아가는 것이 유일한 해결책이라는 것도. 필연적으로 버거울 수밖에 없고, 그러므로 주기적으로 자신도 모르는 사이 스스로의 어떤 부분을 체념하게 되는 함정은 덤이다.

그러므로 아무런 가이드도, 트레이너도 없는 내 인생의 성장은 더디기만 하다. 아예 성장판이 닫힌 것처럼 느껴지기도 한다.

그래서일까, 나는 재능만큼이나 남다른 성실함을 가진 아이돌을 좋아한다. 재능도 성실성도 애매하게 탑재돼 있어 꼭 그에 걸맞은 끈기와 미지근한 열정으로 간신히 버티고 있는 나는 본업을 치열하게 즐기는 이들을 보며 대리만족하는 것이다. 그런데 때마침 온앤오프가 나타났다. 누구보다 성과에 조바심이 날 때 도리어 스스로에게 '계단돌'이란 수식을 붙여가며 속도보다는 방향과 과정에 집중하는 모습을 보여주면서 말이다.

그들의 등장은 내게 예기치 못한 방식의 위로가 되었는데, 무엇보다 나는 '로투킹'을 통해 그들의 회복탄력성을 관찰할 수 있어 신선했다. 첫 경연에서 하위권에 속했을 때, 그들은 충격을 받았을지언정 자기연민에 빠지지 않았다. 잠깐의 성찰 후, 다음을 모색하는 자세에도 주저함이나 어색함이 없었다.

출연진 모두가 서바이벌 프로그램 특유의 비장함 속에서 뜨겁게 예열돼 있는 가운데, 온앤오프는 그중에서도 묘하게 산뜻한 기운을 풍기는 그룹이었다. 뭐랄까, 살아남고자 하는 간절함은 마찬가지지만 그들이 기대하는 가시적인 성과란 자신들에 대한 믿음을 확인하는 일 같았달까? '근거 있는 자신감'을 증명하고 싶다는 바람은 무대 하나하나를 향한 끈질긴 애정과 만나 마침내 온앤오프란 그룹을 가장 돋보이게 만들었다. 어차피 내 뇌피셜일 뿐이지만, 짧은 클립 속에 전부 담을 수 없는 그들의 열정과 성실함은 내 짐작보다 두터울 거라고 생각한다.

온앤오프를 전담하는 프로듀싱 그룹 '모노트리' 팀의 수장이자 '황토벤'이라 불리는 작곡가 황현*의 인터뷰가 내 '덕깍지(덕후+콩깍지)'가 허튼 것이 아님을 뒷받침해준다. "(온앤오프를 전담 프로듀싱하는 데) 가장 결정적인 계기는 멤버들이 마음에 들어서였어요. 춤도 잘 추는데 노래도 잘하고, 잘생기고. 무엇보다 성실했어요. 연습생들이 대부분 성실하지만, 온앤오프는 뭔가 좀 진심이나 간절함이 보였어요. 다들 연습생 생활을 오래 했거든요. 그렇게 연습생 때부터 월말평가도 지켜보고, 함께 녹음도 해보면서 저도 책

---

*   그룹 온앤오프를 이야기할 때 빠지지 않고 언급되는 이름이 있다. 바로 모노트리(MonoTree) 대표 프로듀서 황현이다. 황현은 온앤오프의 경연곡을 모두 편곡, 뛰어난 실력을 발휘하며 아이돌 팬들에게 '케이팝 베토벤'으로 주목받았다.

임감도 생기더라고요. 뭔가 이 친구들이 잘 되는 데 일조한다면 함께 뿌듯할 것 같고, 커리어적으로도 도움이 되겠다고 생각했죠."*

나도 안다. 나날이 상향평준화되어가는 대중의 시선을 감당할 수준급의 춤과 노래 실력, 그룹이 주목받는 데에 강력한 동력이 되는 멤버들 개개인의 매력자본, 이 모든 것을 고루 유지하기 위해 부지런히 가동되어야 할 성실이 단지 온앤오프만의 장점은 아니라는 것을. 무엇 하나 호락호락하지 않은 작금의 아이돌 시장에서 다른 많은 그룹도 이미 갖추고 있는, 혹은 빠짐없이 갖춰지길 강요받는 '기본 소양'에 불과할지도 모르겠다.

그러나 동시에, 나는 이렇게 생각했다. 기본 중의 기본을 당당히 제 무기로 삼을 수 있다면 그 내공은 얼마나 깊고 단단한 걸까? 하고. 나는 이 해답을 바로 황현 작곡가의 마지막 코멘트에서 찾았다. '이 친구들의 성공에 일조하고 싶은 마음.' 그런 마음은

* 인터뷰 "모노트리 황현, 온앤오프 진심·간절함 이끌려 프로듀싱", 「스타뉴스」 2020년 4월 8일 자. https://star.mt.co.kr/stview.php?no=2020040713112991438

쉽게 발현되는 것이 아니다. 누군가의 꿈에 기꺼이 조력자가 되기를 자처하는 것은 팬의 심정과 가까운 것이라 반갑고 놀라웠다. 그 여정에 내가 거들 것은 사랑뿐이겠지만 나는 부랴부랴 흩어져 있는 마음을 모아 긴 덕질을 이어갈 채비를 했다.

이듬해 겨울, 멤버 제이어스가 읽었다는 소설을 무심코 따라 펼쳤을 때 나는 지난여름의 나를 고스란히 설명할 수 있는 대목을 만났다. 한 캐릭터의 성정이 덕질하는 내 모습과 퍽 닮아 있던 것이다. 스스로의 일상에는 자주 고독과 자조가 끼어들게 내버려두면서, 한번 마음을 빼앗긴 아이돌에게는 좀처럼 권태를 느끼지 못하고 끝없는 응원과 사랑을 나눠주는. 애쓰지 않아도 샘솟는 그 마음을 이렇게 설명할 수도 있을 것이다.

재인은 남의 행운을 진심으로 빌어주는 것을 좋아한다. 특히 사랑에 관해서라면.
나는 왜 이토록 행복한 결말에 대해 관대한 걸까. 정작 그런 걸 별로 경험해본 적도 없으면서. 의문했던 적도 있다.
시간이 지나자 그 의문 자체에 답이 들어 있다는

걸 알게 됐다. 누군가는 자신이 경험하지 못했기 때문에 남도 그런 호사를 누려서는 안 된다고 생각할지 모른다. 하지만 재인은 그런 사람이 아니다. 자신이 겪지 못한 행복, 충만하고도 영원한 사랑이 타인을 통해 어디선가 실현되기를 바란다.*

얼핏, 덕질하는 덕후 자아가 본캐의 소중한 무엇을 마구 소진시키는 것처럼 보이지만 실은 그것을 지켜주는 일에 가깝다. 소설 속 '재인'이 마침내 자기 앞에 "아무런 예고도 없이 사랑이 시작되려는 순간을 목격"한 뒤 자신 역시 "사랑스런 마법의 세계에 어떻게든 꼭 동참하고 싶"은 사람이었음을 깨달은 것처럼, 나도 온앤오프를 덕질하면서 알게 된 모습이 있다. 다 쏟아버려 내 안에 남은 이야기가 하나도 없다고 생각했는데, 살면서 해온 가장 크고 오래된 사랑이 처음 그 자리에 고스란히 있었다. 아무도 궁금해하지 않아도 내가 먼저 들려줄 용기가 이제 막 피어나고 있다는 것도.

그리하여 지금 나는 『아무튼, 아이돌』을 쓰고 있

* 손원평, 『프리즘』, 은행나무, 2020.

다. 처음 온앤오프의 존재가 내게 뜻밖의 위로로 다가온 것처럼, 한순간의 화려함이 아니라 성실하게 차근차근 빛나는 여섯 명을 보면서 모종의 용기를 얻고 있다. 좋아하는 마음만으로도 누군가에게 물들어갈 수 있다면 말이지.

좋아하기에 너무 늦은 때란 없다

내가 가진 이상한 고집과 취향 중에서도 으뜸은 바로 첫 방송, 그리고 본방송에 대한 집착이다. 나는 디데이를 세어가며 온에어만을 기다린 드라마라도 첫 방송을 놓치면 김이 팍 새어버려 갑자기 흥미를 잃는다. 용케 첫 방송을 사수해도 본방송이라는 난관이 남아 있다. 매주 저녁 약속이 있는 것도 아닌데 스케줄은 부지불식간에 어그러지고, 그 바람에 거듭 본방송을 놓쳤다? 이 드라마는 나와 운명이 아니로구나, 하고 단념해버리고 만다. 아무리 그 드라마가 후에 화제가 되어 시청률이 고공행진을 해도, 그리하여 당분간 사회적 의사소통의 핵심 가십이 된다고 해도 처음과 달리 마음이 잘 따라가지 않는다.

한번은 왜 그럴까 곰곰이 생각해보았다. 다다른 결론은 좀 요상하지만, 나는 최초로 송출되는 필름에서 남다른 생명력이랄까 현장성을 느끼는 것 같다. 당연히 생방송일 리 없는데도, 이미 과거 시점에서 몇 번이나 녹화되고 편집된, 근사한 조각 모음이라는 걸 아는데도 마치 그 서사가 그 순간에 탄생해 그 시간에만 고유하게 존재한다는 느낌에 사로잡힌다(본방송이 괜히 '본(本)'방송이 아닌 것이다). 이 같은 과몰입의 끝은 스스로를 그 서사에 편입시키는 것이다. 온에어가 켜져 있는 동안엔 그게 무엇이든, 나는 드라마의 일부가 되어감을 느낀다. 나는 몰입하고자 하는 대상의 시작과 발전, 부침과 소멸을 '함께 겪는' 게 중요한 사람인 것이다.

첫 방송, 본방송을 향한 집착은 아이돌 덕질에도 유효하다. 특히 첫 방송을 향한 집착은 더욱 심해진다. 여기서 첫 방송은 데뷔로 치환되는데, 가능한 한 이 아이돌과 같은 시간에, 같은 속도로 머물며 동기화된 덕질을 하고픈 마음을 이해할 수 있을까? 이 세상에 차분하고 이성적으로, 고민 끝에 제 덕주를 선택할 수 있는 덕후는 거의 없을 것이다. 다행히도 불현듯 내 마음을 앗아간 이들은 대체로 그 시점에 모두 데뷔 직후였고, 나는 아직 채워지지 않은 쾌적한 타임라인에 자리를 잡은 채 아이돌들의 흥망성쇠를 지켜보며 덕질의 기쁨과 슬픔을 절절히 새겨왔다. 의도하진 않았지만, 데뷔 팬으로 시작된 덕질엔 남다른 전우애랄까, 의리가 남아 있기 마련이라 반휴덕의 상태로 그들의 안부를 살피게 된다.

때문에 내가 이미 지나친 시간이 제법 쌓인 아이돌은 꼭 봐야 한다고 소문이 자자하지만 이미 방영된 시즌이 일곱 개쯤은 되어서 도무지 시작할 엄두가 나지 않는 드라마 같다. 물론 아이돌이라면 드라마와 달리 수시로 기웃거리면서 언제고 덕심이 가동될 수 있는 상태를 만들어놓는다는 크레디트가 있기는 하다. 그래, 이제는 인정해야겠다. 스스로 '전방위 아이돌 덕후'라는 자격을 부여한 채 보낸 시절은 사실 애타게 본진을 기다리는 시간이었다는 것을 말이다.

그래서였을까? 관린이를 끝으로 내 덕생에 늦덕은 없을 줄 알았는데, 별안간 데뷔 4년 차 아이돌 온앤오프에 입덕해버린 건, 과연 인생에 '절대'란 없음을 다시금 알려준 깨달음이었다. 꿈을 향한 아이돌 연습생들의 간절함을 열한 개의 트로피에 적나라하게 투영시킨 〈프로듀스 101〉 시리즈를 통해 서바이벌 프로그램 시청에 진심이 되면 얼마나 피곤해지는지 간접적으로 경험했건만, 이미 데뷔한 그룹들을 다시금 경쟁의 심판대 위에 올려둔 '로투킹'의 노예가 되어버리다니. 알량한 자존심을 지키는 것마저도 요원해지는 사이 온앤오프는 내게 모스부호처럼 깜빡이며 신호를 보내왔다.

온앤오프에게 입덕 후 두 장의 앨범이 나왔다.* 2020년 8월 미니 5집 'SPIN OFF'가, 그리고 올해

---

* 이 원고를 쓴 2021년 3월 기준이다.

봄, 첫 번째 정규앨범 'ONF : MY NAME'이. 그보다 앞서서는 네 장의 미니앨범이 있다. '청량 장르'의 공식과도 같은 〈ON/OFF〉와 〈Complete〉, 21세기 최고의 서동요 〈사랑하게 될 거야〉, 대중에게 거대한 세계관을 이해시키는 데에는 난항을 겪었을지 몰라도 독보적인 음악적 감수성만은 인정받은 〈Why〉까지. 매 앨범을 낼 때마다 발전을 거듭하며 탄탄히 지켜온 '명곡 맛집'의 히스토리는 모두 내가 그들을 알기 전에 쓰인 성실한 기록이다. 그 분투와 성장의 순간을 단 1초도 목격하지 못했다고 생각하면, 내가 지나온 시간들에 돌연 아무런 미련도 남지 않고 마치 '잃어버린 3년' 같다는 생각만 든다.

하루는 평소처럼 온앤오프의 찬란한 디스코그래피를 훑고 태산같이 쌓인 온갖 떡밥의 티끌을 수거하는데 문득 깨달았다. 늦덕의 덕질이란 누군가 빠짐없이 쓴 소중한 일기장을 기꺼이 읽는 일인지도 모르겠다고. 그러자 함께 책방을 운영하는 동료 작가 미화 언니가 나에게 했던 말이 생각났다. 우리의 인연은 5년 전 베를린에서 시작되었는데, 베를린에 거주하던 그는 당시 장기 여행 중이던 내가 매일 블로그에 쓴 여행기를 우연히 발견한 뒤 한 달이나 지켜봤다며 이렇게 말했다. "이런 일기를 쓰는 사람이라면 만나

봐도 되겠다 하는 마음이 들어서 연락한 거예요."

　온앤오프를 뒤늦게 알아본 나의 요즘도 꼭 같은 마음이다. 온앤오프의 콘텐츠들을 그들이 쓴 생생한 일기라고 본다면, 이런 음악을 하고, 이런 생각을 하고, 이런 삶을 사는 그들을 더 좋아해도 되겠다, 그런 확신이 든다. 이 아이돌이 내 아이돌이다! 이 작은 책에서나마 사방팔방 떠들며 그들의 든든한 스피커가 되고 싶다.

　출판계의 대표 아미, 사적인서점을 운영하는 정지혜 대표도 방탄소년단을 덕질하는 즐거움을 널리 알린 책 『좋아하는 마음이 우릴 구할 거야』에서 이렇게 말한다.

　자신의 이야기를 세상에 꺼내어 보이는 일의 무게에 대해 생각해보곤 해요. 나는 계속해서 이 사람의 이야기를 듣고 싶으니 내가 낼 수 있는 힘껏, 목소리 높여 응원하는 일을 주저하지 말아야겠다는 생각도요.[*]

＊　정지혜, 『좋아하는 마음이 우릴 구할 거야』, 휴머니스트, 2020.

이 글을 쓰고 있는 2021년 3월 30일. 방금 온앤오프 공식 트위터 계정에서 알람이 왔다.

—온앤오프, 4월 말 기습 컴백 확정… 신곡 3곡 포함 리패키지 앨범

약 세 시간 전쯤 쓴 "온앤오프에게 입덕 후 두 장의 앨범이 나왔다. 2020년 8월 미니 5집 'SPIN OFF'가, 그리고 올봄, 첫 번째 정규앨범 'ONF : MY NAME'이"라는 문장에 위의 헤드라인을 더해야겠다.

이 책이 나온 뒤에도 그들의 디스코그래피는 계속되겠지. 더는 내가 몰랐던 시절의 앨범들을 재생하며 아쉬워할 필요가 없을 것이다. 서로 다른 시간에 같은 아이돌을 만난 우리들의 덕질은 꽤 근사한 하모니가 되어 언제나 '오늘'의 아이돌을 향해 응원가를 부르는 일일 테니까.

온앤오프에게 마침내 음악방송 첫 1위를 안겨다 준 노래 〈Beautiful Beautiful〉에는 이런 가사가 있다. "내가 되고 싶은 건 number one 아닌 only one". 나는 이 노래를 흥얼거릴 때마다 어느 팬이 답가처럼 남겨둔 말을 함께 떠올린다.

"너희는 하고 싶은 거 하면서 only one이 돼.

number one은 우리가 만들어줄 테니까."

오늘 밤도 와이트

덕질을 하다 보면 가끔 스스로에게 하고픈 말을 이 친구들에게 하고 있는 건 아닐까 싶다. 꼴사납지만 그만큼 내가 쓰고도 위로받는 말들이 있다. 자신에게는 좀처럼 하지 못했던 말. 아니, 할 생각조차 못 했던 말. 나는 언제나 나보다는 타인을 사랑하는 일이 더 쉽고 익숙한 사람이어서일까? 아무래도 그런가 보다, 다소 씁쓸하게 수긍할 뻔한 생각은 의외의 순간에서 달리 해석되었다.

어느 가을밤, 와이엇*의 브이앱 콘텐츠 '와이트'**를 들으며 귀가하는 길이었다. 평소 라이브 방송을 통해 팬들의 고민상담사를 자처하는 재영('와이트'를 듣는 시간에는 왠지 본명—심재영—으로 부르고 싶어진다)에게 여느 때와 같이 팬들은 크고 작은 속마음을 털어놓고 있었다. 듣고 있으면 공감이 돼 가볍게 고개가 끄덕여지는 일화부터 흠, 하며 덩달아 생각에 잠기게 되는 사연까지. 나는 재영이 댓글을 읽은 후 곧장 답하지 않고 할 말을 고르는 잠깐의

* 온앤오프의 멤버 와이엇(메인래퍼, 퍼포먼스 라인 '오프' 팀).

** 와이엇의 브이앱 채널명. 활동명 '와이엇(WYATT)'과 '나이트(Night)'의 합성어로, '와이엇의 좋은 밤'이라는 뜻.

공백을 좋아한다. 이윽고 더해지는 코멘트에 무대 위 용감한 남자 와이엇이 아니라, 용감해지고 싶은 무대 밖 재영의 모습이 묻어나기 때문이다.

좀처럼 웃을 날이 없다고 하소연하는 팬에겐, "웃을 일이 없다고 생각되는 건, 우리가 뭔가를 알아 버렸기 때문인 것 같아요. 다가오는 매일에 행복을 느끼기에 앞서, 챙겨야 할 것들이 많아서 그런 게 아닌가 싶어요. 와이트를 듣는 오늘이 웃는 날이면 좋겠네요"라고 위로했다.

'노력이 재능을 이길 수 있을까'라는 다소 회의적인 질문엔, "일단 저는 노력도 재능인 것 같아요. 그 노력으로 자기 자신은 이길 수 있다고 생각하고요. 다만 누군가를 이기려는 노력은 하지 않았으면 해요"라고 덧붙였다.

그리고 자존감이 낮아 고민이라는 팬에겐 이렇게 말했다.

"여러분들이 나를 온앤오프의 와이엇으로 좋아해주시지만 저도 허점이 많고 부족한 부분이 많거든요. 그런데 여러분의 시선에 따라 제가 좋은 사람이다 아니다가 되는 거잖아요. 자기 자신도 나 와이엇을 좋아하듯 그렇게 아껴주면 좋겠어요."

처음 무심코 와이트를 들었을 땐 무작정의 위로
나 상대의 처지를 헤아리지 못한 채 건네는 섣부른 조
언이 없어서 조금 놀랐다. 소위 팬서비스 같은 리액션
이 아니라 제법 진지한 자세로 이 시간을 조심하며 대
하는 게 느껴진달까. 그래서 와이트를 듣고 있는 동안
만큼은 나도 모르게 그를 나와 정반대의 삶을 살고 있
는 스타가 아닌 동시대를 살고 있는 청년으로서 대하
게 된다. 그리고 줄곧 이 시간이 재영에겐 어떤 의미
일까 궁금했다. 누군가의 고민을 기다린다는 건 자신
의 고민에게도 꼭 같은 기회를 주고 싶어서라는 생각
이 들었지만 글쎄, 나로서는 알 수가 없었다. 이럴 때
면 우리가 서로에게 완벽한 타인인 게 체감된다.

그날, 40분가량 이어진 방송이 끝나갈 무렵 재
영은 예고 없는 고백으로 마무리 인사를 건넸다.

"'퓨즈(온앤오프 팬덤명)'들, 제가 '와이트'를
하는 이유는요. 저도 하루하루 미래가 어떻게 될지 어
떻게 살아가야 할지 모르겠지만, 여러분들의 고민에
답하면서 그 말을 지키고 싶어서예요. 말하기 전에는
몰랐던 내 생각들, 내 모습들이 있거든요. 여러분들
덕분에 채워지고 알게 되는 부분이 되게 많아요."

여느 때보다 짙은 진솔함은 내가 미처 묻지 못
한 질문에 대한 답이 되었다. 먹먹함도 잠시, 습관처

럼 트위터를 켜 방송 내내 마음으로 그어둔 밑줄을 옮기려는데 문득 이런 생각이 들었다. 재영이 타인의 고민에 귀 기울이며 제 안에 목소리를 확인하는 사람이라면, 나는 누군가에게 사랑을 전하며 스스로를 희망하는 사람일지도 모른다고.

트위터에 남긴 무수한 사랑의 말들이 세계를 부유하다 마침내 내게 도착하는 상상을 해본다. 나는 언제나 스스로를 가장 마지막에 사랑해야 할 대상으로 두었는데, 그 시간은 어쩌면 내가 세상에 전송한 사랑의 총합을 기다리는 과정이었을지도 모르겠다. 그리고 그런 기다림이라면 기꺼이 할 만한 게 아닐까. 이 사랑의 결과로 앞으로의 나는 자신을 더 잘 사랑하는 사람이 될 테니 말이다.

모처럼 피어난 좋은 생각이 흩어지지 않도록 때마침 재영의 묵직한 목소리가 지그시 내려앉았다.

"제가 가끔 이야기했잖아요. 우리는 서로에게 힘이 되는 존재라고. 같이 행복하게 지내고 싶어요. 저는 이만 갈게요, 퓨즈들. 여러분들의 하루하루가 정말 좋은 밤과 아침이 되고, 좋은 날들이 되기를 바라겠습니다."

내게 도착할 행복의 출처를 미리 알 수 있다는 건 근사한 일 같지. 덕질이 그걸 가능케 한다. 가까운 미래에 당도할 행복을 기다리며, 오늘도 와이트(=굿나잇).

책방에서의 단상들

1.

"어머, 저 친구들은 누구예요?"

"아… 제가 좋아하는 아이돌요."

"오, 누군데요?"

"어… 온앤오프라고 아세요?"

책방에 앉아 있다 보면 작가로서 나를 소개하는 일보다 내가 사랑하는 그룹 온앤오프를 소개하는 일이 더 많다. 손님의 카드를 받아 들고 결제를 하다가, 손님에게 음료를 내주다가, 가끔은 내 책을 구매하는 독자에게 사인을 하다가도 나는 온앤오프에 대해 브리핑하곤 한다.

그건 바로 각종 덕질 아이템이 마치 결계처럼 내 책상을 둘러싸고 있기 때문이다. 열 평 남짓한 공간에 이 화려한 책상을 감출 곳은 없다. 심지어 카드리더기가 놓인 간이 카운터와도 붙어 있어서 손님의 둘 곳 없는 시선이 머물기 딱 좋은 위치다. **일코**, 그게 뭐죠?

내 책상을 살펴보면 우선 노트북을 바라보는 기준으로 왼쪽이 메인존이다.* 2021 '시즌 그리팅'**

* 이 원고를 쓴 2021년 3월의 풍경이다. 덕질존은 온앤오프

포토북이 유리창에 기댄 채 비스듬히 서 있다. 표지에는 계단을 올라가고 있는 멤버들이 보이고(과연 계단돌!), 여백에다 단체 포카 한 장을 붙여놓았다. 포토북 앞에는 온앤오프에게 음악방송 첫 1위를 안겨다 준 〈Beautiful Beautiful〉이 수록된 정규앨범을 보기 좋게 겹쳐두었다. 앨범 주변으로 멤버별 이번 활동기 최애 공식 포카가 나란히 정렬돼 있음은 물론이다.

책상의 왼편과 붙어 있는 작은 책장 위에는 화려한 종이컵들이 잘 포개져 있다. 입덕 1년 차, 그룹의 탄생일과 멤버들의 생일카페를 투어하며 모아둔 '생일컵'들이다. 8월 3일 온앤오프의 데뷔를 기념하는 한여름부터, 4월 22일 벚꽃이 진 자리에 다시 핀 꽃처럼 돌아오는 최애 효진의 생일까지. 우리 세계 속 축제의 흔적들이 제법 높게 쌓여 있다. 이들 중 하

가 컴백할 때마다 해당 앨범의 무드에 맞춰 꾸미고 있다. 출간 전 기준, 가장 최신 버전의 책상은 썸머 팝업 앨범인 'POPPING'을 바탕으로 채워져 있다.

** 시즌 그리팅(season's greetings). 연예인이 그해 활동을 마무리하며 연말연시에 판매하는 종합선물세트. 기본적으로 스타의 화보가 담긴 이듬해 달력과 다이어리, 포스터와 스페셜 DVD 등이 포함돼 있으며, 이밖에 각종 굿즈가 한 세트로 구성돼 있다.

나를 기분 따라 바꿔가며 연필꽂이로 쓰고 있다.

연필꽂이 뒤에는 앞선 포토북과 마찬가지로 시즌 그리팅 굿즈였던 2021 플래너가 꽂혀 있다. 나는 내 미적 취향과는 조금도 맞지 않는 디자인의 이 초록색 플래너를 아주 성실히, 몹시 당당히 쓰고 있다. 각종 외주와 원고 마감, 책방에서 열리는 프로그램이나 미팅 스케줄이 전부 이곳에 정리돼 있다. 평소라면 상관없지만 가끔 미팅 중 페이지를 뒤적이다 멤버들의 콘셉트포토로 넘어가버리면 좀 머쓱하다. 그래도 플래너를 바꾸는 일은 없을 거다. 매년 업무 다이어리를 고르는 일이 꽤 고민이었는데, 나는 올해 시즌 그리팅 굿즈에도 플래너가 포함돼 있기를 진심으로 바란다. 가끔씩, 어떤 취향 정도는 가볍게 무시하는 덕질의 불가항력적인 끌림에 지고 마는 이런 순간이 왠지 좋다.

노트북도 예외는 아니다. 키보드판 여백에는 어떤 퍼포먼스도 날다람쥐처럼 가볍게 소화해내는 막내 유를 캐릭터화한 스티커와 이선의 명쾌한 좌우명으로 제작한 'WORK HARD PLAY HARD' 스티커가 매일같이 내 작업들을 수호하고 있다.

이제 고개를 오른쪽으로 돌리면 노트북과 연결된 외장 시디롬(CD-ROM)이 보인다(흰색 본체 위에 온앤오프 멤버들을 캐릭터화한 스티커를 쪼르르 붙여 두었다). 음원 스트리밍 시대이지만, 종종 이벤트처럼 수록되는 'CD only' 곡들을 놓칠 수 없다. 꼭 그렇지 않더라도 묵직한 CD 플레이어의 향수를 간직한 나로서는 가끔 음반으로 내 가수의 음악을 듣곤 한다 (아이돌뿐만 아니라 오프라인 레코드숍에서 여러 장르의 신보를 구경하다 예고 없이 익숙하거나 낯선 아티스트의 앨범을 구매하는 것은 나의 느슨한 취미 중 하나다).

케이스를 열고, 새 책처럼 보관돼 있는 앨범 재킷을 조심조심 넘겨보다 지문이 묻지 않도록 CD를 꺼내 플레이트에 끼운 다음 손가락에 힘을 주어 밀어넣는. 그 30초 남짓한 과정을 의식적으로 행하는 순간이 좋다. 이 한 장의 앨범을 내기까지 애썼을 아이돌의 시간을 한 번 더 생각하게 만들기 때문이다. 음악 앱에서 플레이 버튼을 터치하는 찰나 같은 순간엔 좀처럼 끼어들기 어려운 감상이다. 그리고 여기서 외장 시디롬이 오디오보다 좀 더 기특한 구석을 하나 더 갖고 있다. 바로 노래가 재생될 때마다 플레이어 헤더에 작곡가 이름이 뜬다는 것이다. 만약 당신의 아이돌이 작곡에 참여했다면 'OO 작곡가'가 3분 내내 롤링되는 것을 뿌듯한 마음으로 확인할 수 있다.*

시디롬 뒤로는 각종 잡동사니가 즐비한데, 그것들을 단번에 보기 좋게 가려주는 화병이 있다. 화병 아래에는 와이엇의 실루엣이 파스텔 핑크색으로 프린트된 가죽 코스터(트위터 친구의 나눔 이벤트에 당첨되어 받았다)가 받쳐져 있고. 작업을 하다 어디에 시선을 두어도 내가 사랑하는 아이돌이 그곳에 있다. 달리 말하면 늘 덕주의 시선을 받으며 일을 하고 있는 셈이다. 이것이야말로 덕업일치의 현장.

한번은 책방에 놀러 온 친구가 물었다. "너는 책상을 이렇게 해놓고 일이 돼?"

아니? 당연히 잘될 리 없다. 하지만 그건 아이돌 탓이 아니다. 일이란 건 태초부터 하기 싫은 것, 잘되는 날이 드문 법이니까.

오늘도 그런 날들 중 하루일 뿐이다. 그나마 사방에서 책상을 수호하는 덕주를 보며 기운을 얻고 한 자라도 더 쓸 수 있는 것이다.

그러니 책방에서 이런 요란한 책상을 본다면 용기 내 물어봐주기를. 그러면 평생 일코라고는 모르고

---

* 우리 판에서는 MK(리드보컬&서브래퍼, 보컬 라인 '온'팀) 가 바로 이 주인공이다. 온앤오프 멤버 중 가장 적극적으로 곡 작업을 하고 있으며, 〈소행성〉〈신세계〉〈스쿰빗스위밍〉 등의 명곡을 탄생시켰다.

살아온 내가 쑥스러운 척하면서도 신속히 입을 열 것이다. "그러니까 온앤오프가 누구냐면 말이죠…."

2.

깜빡했는데, 앞선 덕질존에서 가장 마음에 드는 아이템을 빼먹었다. 바로 온앤오프 앨범 커버에다 박완서 선생님의 에세이 『모래알만 한 진실이라도』의 띠지를 둘러놓은 것인데, 그 띠지에는 이렇게 써 있다.

"다이아몬드에는 중고라는 것이 없지. 천년을 가도 만년을 가도 영원히 청춘인 돌."

영원히 청춘인 '돌'이라… 이건… 아이'돌'이잖아? 선생님께는 송구스럽지만 처음 이 문장을 보았을 때 나는 아이돌을 설명하기에 이보다 더 완벽한 말은 앞으로도 없을 거란 생각이 들었다. 아이돌 덕후로 산다는 건 가슴 깊은 곳에 밝고 환한 돌멩이 하나를 품고 있다는 뜻일 테니까. 그리고 보니 영원히 청춘인 건 아이돌 그 자체보다는 아이돌을 언제까지나 아이돌로서 대하는 덕후인지도 모르겠다.

박완서 선생님의 띠지로 감싸둔 앨범의 수록곡 중에는 이런 가사가 있다. "네 청춘의 빛이 될게 혼자 있지 마 퓨즈 Lights on, Lights on"*. 기꺼이 내 청춘의 빛이 돼주겠다고 합창하는 앳된 목소리가 제법 당차서 웃음이 난다. 어디까지가 청춘이고 어디서부터는 청춘이 아닌 건지 정확히 잴 수 없듯, 이 노래를 듣고 이 아이돌을 좋아하는 지금을 내 청춘의 가장 한가운데라고 부르지 못할 이유도 없겠지. 박완서 선생님의 말씀처럼 "천년을 가도 만년을 가도" 꼭 같은 마음일 수 있다면 좋겠다. 왜 아이돌은 저 혼자만 반짝이지 않고 누군가를 빛나고 싶게끔 만들어서 마음이 벅차오르게 하는 걸까. 삼십대, 내 청춘의 증거가 이 책상 위 한가득이다.

3.

창가 가득(=책상 전부) 장식해둔 덕질존 너머로 이따금씩 손 흔드는 앳된 얼굴들이 있다. 예고 없이 등장하는 나의 느슨한 '덕친(덕후 친구)'들은, 마치 덕통사고를 닮아 있어서 나는 반가움에 예외 없이 무장해제되고 만다. 그들이 왔으므로, 이제 혼자서는 좀처럼 느끼기 힘든 무구함을 맘껏 누릴 시간이다.

* 온앤오프 정규 1집 'ONF: MY NAME' 수록곡 ⟨My Name Is⟩의 가사.

내게는 온앤오프를 덕질하면서 알게 된 젊은 친구들이 있다. 이제 겨우 삼십대 초반인 내가 누군가를 '젊은 친구'라고 지칭하는 건 좀 웃기지만, 나로서는 덕질이 아니었다면 평소 말을 섞어볼 기회조차 없는 나이의 친구들인 것만은 확실하다. 애써 늙은이 행세를 하려는 게 아니다. 프리랜서로 거의 독자적으로 일을 하고 대부분의 일상이 책방에 고여 있다 보니 새로 맺게 되는 관계가 적을뿐더러, 있다 해도 여러 방면에서 나보다 선배인 경우가 많다.

그런 면에서 온갖 덕후들의 광장이나 다름없는 트위터는 철저한 익명성에 기대어, 오직 우리가 같은 사람을 사랑한다는 공통점 하나로 단숨에 친구가 되어버리는 곳이다. 아니 친구라는 말은 너무 속을 까발리는 기분이고, 이곳은 오히려 이판사판인 속을 두텁고 폭신한 덕심으로 손쉽게 가릴 수 있는 공간이랄까. 모두가 서로에게 '쌤(선생님)'으로 존재하면서 사랑을 배우고 익히는 데 여념이 없다. 말하자면 덕주를 향한 '덕구열(德究熱)'이 언제나 100도씨로 끓고 있는 풍경이랄까.

오늘도 트위터 메시지함에 파란 숫자가 떴다.

— 쌤, 혹시 오늘 책방에 계셔요?

— 네, 그럼요!

조금 과장해서 말하자면, 온앤오프를 덕질하는 한, 어쩌면 책방에 오는 손님 중 가장 반가울 사람의 메시지. 랜선 덕메가 곧 나의 오프라인에 접속하겠다는 암시다. 무료한 오후가 돌연 화사해진다. 트친과 지인 사이, 그 어디쯤에 느슨하게 연결돼 있는 두 명의 덕친들은 내 이름과 나이를 알면서도 "쌤!"으로 산뜻하게 부르며, 카톡 대신 트위터와 인스타그램의 다이렉트 메시지로 드문 안부를 전한다.

시작은 책방을 오픈한 지 두 달이 되어가던 겨울, 온앤오프 앨범을 '나눔'하면서부터였다. 여름에 산 수십 장의 앨범들을 마냥 집에 묵혀두는 게 아쉽고 답답했던 찰나, 다른 팬들처럼 카페를 섭외하는 일은 머쓱하고 귀찮았던 나에게 마침 책방이라는 나만의 공간이 생긴 것이다. 나는 동료의 허락을 구한 뒤 소장본으로 남길 몇 장의 앨범을 챙긴 다음, 트윗을 전송했다.

— 앨범 나눔* 해요. 필요하신 분들께 닿았으면

* 최애 그룹의 활동이 마무리되면 내 방 한구석에 쌓여 있던 앨범을 정리할 차례다. 우선 청음용, 간직용, 전시용, 선물용 등 여러 버전의 소장본을 따로 분류해둔다. 그러고도 남은 앨범은 중고서점에 되팔 수도 있겠지만, 익명의 덕친들

좋겠습니다. 위치는 망원역 2번 출구….

멤버들의 생일을 기념하거나 예쁜 굿즈가 더해진 이벤트도 아니고, 누가 올까 싶었는데 해당 트윗이 제법 리트윗되는 걸 보면서 괜히 긴장이 됐다. 평소처럼 책방에 있다가도 문이 열리면 손님일까, 퓨즈일까 혼자 짐작하느라 가슴이 콩닥거렸다. 반은 손님이었고, 반의 반은 행인이었으며, 남은 반의 반은 "저, 온앤오프 앨범 나눔 하신다고…" 하며 조심스레 입을 뗐다. 새로이 자리한 본진에 아직 덕메가 없던 나로서는 같은 가수를 좋아하는 팬의 실체(?)를 보는 건 처음이라 신기하기도 했고 또 반가워서 어떤 손님을 대할 때보다 친절한 미소를 지으며 화답했다.

"저기 큰 서가 아래쪽에 박스 보이시죠? 거기에 있어요. 한 장씩 가져가시면 돼요." 물론 트위터에서 계정주와 책방 주인의 관계를 굳이 밝힐 필요는 없었으므로, 정작 왔다 가신 분들에게 이곳은 앨범을 나

에게 '나눔'하는 즐거움이 더 크다. 트위터 계정에 무료 나눔 공지를 올리거나 앨범이 필요한 팬들이 보다 편하게 가져갈 수 있도록 멤버들의 생일 이벤트가 열리는 팬덤 주최의 비공식 오프라인 장에 비치하기도 한다. 내 경우 그곳이 운영하는 책방이었고, 여러 명의 덕천과 만나는 반가운 계기가 되었다.

누는 공간일 뿐, 별 감흥은 없었을 거다.

그렇게 일주일 정도가 지났을까, 지난 트윗에 멘션(댓글) 하나가 달렸다.

—여기 가면 쌤 만날 수 있는 거예요?

타임라인에서 서로 하트를 주고받으며 자주 보던 트친이었다. 멘션을 보자마자 든 생각은 조금 어처구니없게도 이랬다. '헐, 어떡하지! 나는 할머닌데!'

지나간 모든 주접과 앓아도 한참 앓으며 쓴 트윗들이 주마등처럼 스쳐 지나갔다. 나는… 그러니까 익명의 트친보다 나이가 꽤 많을 터였다. 그동안의 트윗 사이사이 드러났던 정보들을 조합해보면 의심의 여지가 없었다. 다소 부끄러웠지만 그래, 내 나이가 어때서? 하며 나는 잠시 고민하다 답지 않은 진지함으로 애매하게 대꾸했다.

—매일은 아니지만 대체로 그렇습니다.

그리고 잠시 후(며칠 후가 아니다) 트윗의 댓글창을 넘어, 다이렉트 메시지가 왔다. 더 이상 물러설 곳이 없었다.

—짐 계세요?

—오 쌤, 네!

—가야지, 헤헤.

—오마나, 설레네….

어린 덕친의 박력에 나는 최대한 태연히, 이런 즉흥적인 만남쯤이야 아무렇지 않다는 듯이 답했다.

유난히 손님이 없던 어느 겨울의 일요일, 문이 열리고 익숙한 듯 낯선 덕친들이 들어온다. 한 명은 눈이 크고 다른 한 명은 키가 크다.

"쌤, 안녕하세요!"

환하고 살가운 기운이 높은 목소리와 함께 책방에 뿌려지듯 번진다. 신기하다는 듯 서가를, 나의 덕질존을 까르르 웃으며 둘러보는 덕친들. 온앤오프의 사인을 받아야 할 우리인데, 얼결에 내 책에 사인을 해서 건네는 순간이 조금 거짓말 같고 간지럽다. 그러나 나는 이들을 기다리는 동안 다짐했던 것처럼, 지나치게 귀여워하거나 어린 동생을 대하듯 행동하지 않으려고 마음을 당긴다.

그리고 그때의 나는 조금도 예상하지 못한다. 망원동 일대의 카페들이 온앤오프 멤버들의 생일 이벤트로 도배될 때마다 그들과 우연처럼 필연처럼 다시 마주하리란 것을. 언제나처럼 나는 책방에 앉아 있고, 좀처럼 울릴 일 없는 트위터 쪽지함이 반짝이면 곧 나의 덕친이 방문하리란 것을. 거기서 시간이 조금만 더 흐르면 보통의 날에도 둘의 방문이 따로 또 같이 간헐적으로 이어지고, 우리의 대화는 온앤오프를 찬양하거나 안위를 걱정하는 데에서 그치지 않고 문득 훌쩍 도약한다는 것을. 각자의 일상이 지닌 무게감과 다소 막막한 미래, 그럼에도 발견되는 어떤 경이로운 순간들을 잠시 경계 없이 공유하게 되리란 것을 말이다.

조심한다고 했지만 몇 살이나마 나이 먹은 티를 내며 너무 많은 말을 하게 될 것 같을 때, 혹은 이미 그러했을 때 나는 나의 수다를 만회하듯 책을 빌려주거나 추천한다. 시간을 내 이곳에 들러준 덕친들에게 '책방 쌤'으로서 내가 보답할 수 있는 최선이란 그런 것일 테다. 최근엔 제 이야기를 치열하게 써보려 하는 키가 큰 쌤에게 『싫존주의자 선언』을 빌려주었고, 본격적으로 서울에 정착해 다정한 일상을 꾸려나가고픈 눈이 커다란 쌤에겐 『몽 카페』를 추천했다.

간밤에 두 사람은 내가 추천한 책을 들고 "다녀오겠습니다~" 농담하며 총총 멀어져 갔다. 정말 누가 알았을까? 내 덕생에 기승전'책'으로 끝나는 장면이 끼어들게 되리란 것을. 온앤오프와 책방. 서른두 살의 내가 가장 사랑해 마지않는 것들이 절묘한 조화를 이루는 풍경 속에 머물러 있노라면 정말이지 이 삶을 잘 살아보고 싶어진다.

우리에게 사고란 오직 덕통사고뿐이기를

하루는 책방으로 출근하기가 무섭게 동료가 기다렸다는 듯 말을 걸었다.

"혜은, 내가 어제 '영노자'를 들었는데 혜은이 보낸 것 같은 사연이 나왔어요. 혹시 혜은 아니에요?"

교양과 예능을 넘나드는 팟캐스트 〈영혼의 노숙자〉는 나도 즐겨 듣는 채널이었지만 내가 보낸 사연이라니, 금시초문이었다. 그러나 직접 들어보니 어째서 동료가 확신의 오해를 하게 되었는지 저항 없이 납득하고 말았다.

익명의 청취자가 남긴 고민은 이랬다. 그는 자신이 평소 멋진 여성 예술가와 창작자만을 지지하고 소비하겠노라 공언해왔는데, 별안간 보이그룹에 덕통사고를 당해버렸다며 애통해했다. 입덕 부정의 이유는 참으로 씁쓸했다. 그동안 각종 사건 사고를 일으키면서 사회면에 등장한 남성 아이돌들의 모습이 예비 덕후들의 과속방지턱 작용을 하고 있던 것이다. 청취자는 "위험한 일인 걸 알면서도"라고 덧붙이며, 결국 몇 년 치의 무대 영상과 멤버별 직캠을 찾아본 자신의 표리부동함을 고해한다며 사연을 끝맺었다.

얼핏 웃프게 들리지만 결코 웃고만 넘어갈 수 없는 이야기. 과연, 내가 남몰래 앓다가 쓴 것이라 해도 이상할 게 없는 사연이었다. 심지어 나는 스스로 내 이야기를 계속 해나가고픈 여성 창작자이면서, 꾸준히 아이돌을 좋아해온 덕후이니까. 그냥 아이돌 덕후도 아니고, 늘 보이그룹에만 본진을 두었다는 것이 나로서도 가끔 착잡할 때가 있으니까.

아니 그게 왜? 어때서? 라고 누군가 물어준다면 솔직히 반가울 것 같다. 하지만 스스로 '그러게 말이야! 굳이 미리 심각해질 필요는 없지!' 맞장구를 치며 홀가분하게 털어낼 수 없다는 걸 안다. 실상 이렇게 짐을 덜어주는 말보다는 입덕 부정기를 거치게 하거나 어렵사리 입덕한 후에도 꼼꼼하게 일코를 하게 만드는 시선들이 훨씬 더 많다. 무엇보다 그러한 감추기에 힘을 실어주는 사례들은 계속해서 업데이트 중이고….

그러므로 청취자의 "위험한 일인 걸 알면서도"라는 말이 내내 마음에 걸렸다. 종일 트위터를 하다가도, 마감 무렵에 더 격렬히 직캠을 찾아보다가도, 즐겁게 생일카페를 투어하다가도 그 말이 어느 결에 툭툭 불거졌다. 그럼에도 나는 여전히 (남성) 아이돌을 좋아하는 덕후였다. 지금껏 그래 왔듯 아마도 언제까지나.

나에게 이것은 기꺼운 미래인가, 아닌가. 내 안에서 그것은 확실히 오랜 시간 전자였다. 의심할 필요도 없이 당연하게. '나이 든 덕질은 아무래도 머쓱하겠지' 정도가 미래의 덕생을 곤란하게 할 걱정의 전부였다. 하지만 이제는 아니다. 불편해서 외면했던 마음을 제대로 짚고 넘어가야 앞으로도 당당한 덕후로 남을 수 있을 것 같았다.

우선 이 마음에 대한 정리가 필요했다. '남성 아이돌을 좋아하는데 왜 조마조마한 마음이 들어야 하지?' 익명의 청취자를 괴롭히는 것도 이러한 근심 때문이리라. 나는 이런 고민을 아이돌 덕후가 짊어질 운명으로 특정하기엔 아쉽고 억울한(?) 부분이 있다고 생각한다. 누군가를 지지하고 사랑할 준비가 된 여성이 있는 거의 모든 곳이라면 공통적으로 불거지고 꺾이는 마음일 테니까.

물론 나는 이 글에서 남성 아이돌들을 성급히 일반화하거나, 나와 같은 현재진행형 덕후들을 지레 안쓰러워할 생각은 추호도 없다. 무례하고 싶은 게 아니라 오히려 상처 입고 주저하는 덕심에 위로와 용기를 건네고 싶은 것이다. 이건 당장의 나에게도 꼭 필요한 말이어서, 그러나 누구도 선뜻 해준 적 없어서, 지속 가능한 덕질을 위해 스스로에게 백신을 맞추는 심정으로 풀어내는 마음이라는 걸 알아주면 좋겠다.

내 짧은 경험과 생각으로는, 어떤 집단보다도 아이돌판 팬덤에 유독 비틀린 프레임이 씌워져 있는 것 같다. 맹목적으로 과열돼 있다는 믿음은 실로 유구한 '빠순이 혐오' 역사를 굳건히 지탱해온 이미지 중 하나이고, 때때로 아티스트가 일으킨 물의가 마치 팬들의 사랑에 기인하는 것처럼 조명되기도 한다. 하물며 아티스트가 문제적 인간이 돼버리면 그 화살은 즉시 팬들에게도 일부 돌아가곤 한다. 그 과정에서 머리채를 잡히고 남겨진 마음을 조롱당한다(사건마다 '피의 실드'를 치는 어리석은 팬들의 활약 때문이 아니라도 그렇다). 아이돌 팬들의 애정이 대중에게 유난히 적나라하게 전시되기 때문인 걸까? 아티스트가 저지른 만행과는 하등 무관한 팬들이 그들을 좋아한다는 이유만으로 죗값을 함께 치르는(혹은 그래야만 한다고 여겨지는) 꼴을 나는 여러 번 보았다. 어째서!

당연히도, 그들이 물의를 일으킨 것과 팬들이 준 사랑 사이에는 가느다란 연결고리조차 없다. 그러니 아이돌이 저지른 오답에 팬들의 사랑을 해설처럼 이용하지 않으면 좋겠다. 그렇게 기록되기에 너무 아까운 덕심일뿐더러, 완전히 틀린 접근이다. 제 아이돌의 사건 사고에 누구보다 깊이 실망하고 가장 오래 분노하는 이는 다름 아닌 팬들이라는 걸 알아주기를.

　　물론 아이돌이 문제를 일으키면 부끄러움은 얼마간 팬의 몫이 되긴 할 것이다. 처음엔 믿을 수 없다가, 이내 화가 나다가, 다시 속상해지기를 반복하다 보면 내내 가슴이 홧홧하게 달아오를 테니까. 어떤 덕심은 그렇게 제대로 묻지도 못하고 재가 돼버리고 만다. 그런 의미에서 입덕과 탈덕은 그 과정이 닮아 있다. 입덕 부정기의 덕후가 제 앞에 닥친 현실을 부정하다가도 결국 입덕하고 말듯, 탈덕 역시 내 아이돌과 거리를 둬야지 했던 게 정신을 차리고 보면 아주 달아나버린 제 모습을 발견하고 마니까. 차이가 있다면 입덕엔 이유가 없지만 대부분의 탈덕엔 구체적인 이유가 있다는 것 정도? 그러니 입덕도 탈덕도 이왕이면 모두 빠를수록 좋은 것이다. 아, 이 무슨 아이러니인가.

　　심지어 나쁜 장난처럼, 이 책을 쓰는 동안 나는 오래된 나의 최애를 탈덕할 수밖에 없는 상황과 마주했다. 이미 의리나 다름없는 덕질이었다 하더라도 지나간 덕생에 균열을 낼 만큼 큰 충격을 가한 사건이었다. 불을 끈 방, 까만 천장에 남아 있는 빛의 잔상처럼 덕심은 서서히 암전됐다. 그동안 내 마음이 가리켜온

방향에 의구심이 들기 시작하면서 한동안은 이 책 작업도 지지부진했다. 직접적으로든 간접적으로든 이처럼 황망한 경우가 처음인 것도 아닌데 그랬다. 그러다 문득 깨달았다.

나는 왜 그를 대신해서 부끄러워할 구실을 찾고 있는 걸까. 조금 뻔뻔해지기로 했다. 더는 부끄러움마저도 가지지 않기로 했다. 수치와 후회, 반성과 성찰은 모두 팬이 아닌 그들이 감당해야 할 몫임을 정확히 인지하기로 했다. 좋아하는 마음 자체를 단절시킬 수 있다면 더없이 깔끔하겠지만, 예측할 수 없음으로 앞으로 올 사랑을 포기하는 일은 내 머리와 가슴 어느 구석에서도 겉도는 다짐에 불과할 것이었다. 나는 씁쓸하게 마음 단속을 하기보다는 그냥 지금의 나를 좀 더 인정하고 홀가분한 사랑을 할 수 있는 방향으로 이끌고 싶었다. 맘껏 떠올릴 수 있는 추억이 축소된 것만은 복구할 길 없어 아쉬움이 남겠지.

확실히 추억의 일부는 오롯이 덕후의 것이기도 하다. 그러니 추억을 빼앗긴 덕후를 위로할 수 있는 건 결국 새로운 사랑일 것이다. 나는 또다시 누군가를 사랑해버리는 게 '고해'할 만큼 괴로운 일은 아니었으면 좋겠다. 다른 건 몰라도 누군가를 좋아하는 자신만은 미더워하면 어떻겠느냐고, 익명의 청취자에게도 긴 대답을 전하고 싶다.

내가 누군가를 좋아해도, 좋아하지 않아도 어떤 일들은 일어난다. 좋아하는 마음 자체에는 아무런 불순물도 섞여 있지 않다는 것을 많은 덕후가 잊지 않았으면 한다. 그러니 부디 각자의 덕생 바이오그래피 안에서 순항하는 덕질을 하기를.

난 항상 FAN인걸, 그대의*

* 소녀시대 정규 6집 'Holiday Night' 수록곡 〈FAN〉의 가사.

이야기는 여기에서 끝나지 않는다. 어느 날의 딕질 속에서 새로운 질문에 사로잡히기 때문이다. '나는 과연 내 아이돌만 무사하면 괜찮은가? 그러면 안전한 덕질이 보장되는 건가?' 내 답은 '아니요, 전혀 그렇지 않다'였다.

어떤 꽃이 좋아지기 시작하면 무심히 지나치던 길가에 핀 꽃들에게도 점차 눈길이 가고, 계절마다 피어나는 제철 꽃 이름 한두 개쯤은 외워지듯, 덕질도 하면 할수록 주변 아이돌을 향한 내 마음의 화각은 넓어졌다. 단순히 더 많은 아이돌에 관심을 갖게 되었다기보다는 직업인으로서의 아이돌이 지내는 모양에 대한 관찰로 이어진 것이다.

"덕질이 아니라 유사 육아"를 하는 게 아니냐는 농담을 들을 만큼 무대 밖 아이돌의 안위를 염려하는 나로서는 그들의 보이지 않는 삶을 상상하다 보면 어느새 웃음기 없이 진지해지곤 한다. 최근에는 아이돌과 그들의 콘텐츠를 적극적으로 소비하고 향유하는 팬일수록 오히려 소비자의 위치에서는 점점 멀어지고 아이돌의 인생에 깊이 개입하는 존재가 되는 것 같다는 생각마저 들었다. 아이돌의 사적인 영역은 팬에게 영원히 미지의 영역이겠지만, 적어도 그들의 직업적 인생에 있어서만큼은 말이다. 마치 그들이 내 덕생을 관장하는 것처럼.

　　팬들 사이에서는 제 아이돌이 컴백할 때마다 여러 방면으로의 서포트를 다짐하며 우스갯소리로 복창하는 밈이 있다. "OOO(이/가) 여러분의 인생을 책임져주진 않지만 여러분은 OOO 인생을 책임져야 합니다. 책임감 있는 덕질을 합시다." 아이돌이 활동기에 이뤄내는 충분한 성과는 다음 컴백을 앞당기고 그러한 반복이 타이트하게 진행될 때 무대 위 그들의 수명이 보장되는 것처럼 보이기 때문이다. 물론 이건 분명히 들어맞는 계산이다.

　　그리고 나로 말하자면 아이돌을 열렬히 소비하면서도 그들이 지나치게 소진될까 걱정하느라 마음이 바쁜 팬이다. 구체적으로 설명할 길 없던 이 마음을 〈프로듀스 101〉 걸그룹 연습생들의 노래 선생님으로 활약한 김성은 보컬트레이너의 인터뷰에서 힌트를 얻을 수 있었다. 그는 박희아 기자의 인터뷰집 『아이돌 메이커』에서 2010년대 이후의 아이돌 산업을 바라보며 이렇게 말했다.

　　"(아이돌을) 잠깐 쓰는 아이템으로만 바라볼 게 아니라, 흐름에 따라 경험과 가치를 쌓아가는 인간 자체로서 바라보고 존중해야 한다고 봐요."

내가 생각하는 '책임감 있는 덕질'도 바로 이런 마음에 기인한다. 끝없이 꿈꾸도록 설계된 시스템에서 개성이 다치지 않기를, 데뷔 이후에도 주어지는 공백기 동안 불안에 잠식되기보다 홀가분한 쉼표를 찍을 수 있기를, 춤과 노래 말고도 스스로의 성장을 목격할 수 있기를 바라며 아이돌에게 마음을 열고 지갑도 연다. 인생이 고단할 때마다 여러 아이돌을 보며 노력 없이 웃고 기력을 얻은 만큼, 내 행복을 바라듯 그 애들의 행복을 바라 마지않는다.

이런 애틋한 마음은 걸그룹을 향할 때 좀 더 구체성을 띤다. 대중에게 꿈과 희망을 노래하는 아이돌 산업은 어느 기자의 말마따나 '연령주의와 유리천장이 뒤엉킨 정글 같은 쇼 비즈니스 업계'라는 불편한 얼굴도 갖고 있어서, 그 세계의 한 축을 지탱하는 '어린'+'여성'의 조합으로 이뤄진 아이돌 그룹을 생각하면 유난한 안부를 전하지 않을 수 없는 것이다. 그건 평소의 내가 무사한 삶을 지키기 위해 애쓰는 또래 여성들을 지지하는 일의 연장선과도 같아서, 자매애의 심정으로 모니터를 사이에 두고 걸그룹들과 촘촘히 눈을 맞추게 된다. 그래서일까, 내가 사랑하는 신에서 여성이 숨 쉬듯 대상화되고 사회적 약자로서 차별받는 모습이 고스란히 오버랩될 때면 참으로 복잡

한 마음이 든다.

아이돌들이 건강하게 살아남는 데에 팬인 내가 할 수 있는 일이 뭘까, 자주 생각하는 요즘이다. 단지 그곳에서 더 오래 머물 수 있는 자격을 부여하듯 사랑을 더하는 것뿐일까? 때때로 무력한 마음이 들기도 한다. 하지만 걸그룹들에게 개개인의 매력과 실력이 입체적으로 도드라지는 기회가 지속해서 주어지기를 바란다면 결국 돌판의 지박령이 되어 그 방향성에 대해 꾸준히 이야기하는 수밖에 없다는 단순한 결론에 다다랐다. 나는 아이돌이, 특히 여성 아이돌이 프로가 되는 과정에서 저마다 중요하게 여기는 가치가 자신들의 꿈이었던 바로 그 아이돌이라는 직업 때문에 훼손되지 않았으면 좋겠으니까.

비록 이런 외침과 고민이 아이돌들에게 불리하고 불편한 시스템을 당장 바꾸거나 앞서 우스갯소리로 말한 밈처럼 아이돌의 인생 2막을 책임져줄 수는 (물론 그럴 필요도) 없겠지만, 적어도 아이돌을 꿈꾸는 어린 소녀들을 보다 안심하고 응원할 수 있는 덕후로 나이 드는 데에는 유효한 씨앗이 되겠지. 그렇게 바랄 뿐이다.

걸그룹 ITZY(있지)가 2020년 여름, 미니앨범

⟨Not Shy⟩로 컴백하기에 앞서 팬들에게 전하는 영상이 하나 있다. 'Letter's to MIDZY'라는 이름으로 릴리스된 영상 속에서 멤버들은 저마다의 고충을 고백한다. 언제나 무대 한가운데에서 당당하게 존재하는 그들이, 실은 어떤 시간을 충분히 겪고 완전히 통과하기에는 아직 너무 어리다는 것을 새삼 깨닫게 해준 콘텐츠였다. 멤버마다 스스로의 내면을 외면하지 않고 마주한 용기가 뭉클하게 전해지는 가운데, 류진의 차례가 돌아왔다. 영상에서 그는 종종 "'걸그룹치고' 강한 퍼포먼스를 선보인다"는 칭찬을 듣는 것에 대해 조심스럽게, 그러나 솔직한 마음을 털어놓았다. "저희가 '여자니까 이 정도 하자'라고 만든 퍼포먼스가 아니다 보니까 그냥, 있는 그대로 봐줬으면 하는 게 가장 큰 것 같아요. (…) 상대적인 것 없이 칭찬받고 싶어요."

이런 고민은 걸그룹을 향한 납작한 시선들 중 내가 가장 안타까워하는 지점과도 같았다. 평소 여성 아티스트들에게 그들이 거둔 음악적 성취에 대해 묻기보다는 비주얼적인 변신만을 주목하며 손쉽게 판단하는 치들은 수많은 여성들의 성장에 얼마나 유해한 존재인가. 성별과 외형만으로 평가하는 것만큼 그 사람의 고유성을 무감하게 만드는 일도 없다는 것을,

덕질을 하면서 점점 더 깊이 깨닫는다(그래서 이건 어느 정도 내 반성의 기록이기도 하다).

어쩌면 멤버들마다 여태껏 말하고 싶은 마음 중 가장 말하기 힘든 것을 골라, 마침내 말할 수 있는 방향으로 세심하게 다듬어놓았을 17분이 흘러갔다. 분명한 목소리를 담아내는 시도가 더 많은 걸그룹들에게도 이어지기를 바랐다. 너무 늦지 않게 말이다(나는 누구라도 이 영상을 본다면 많은 걸그룹을 향해 "예쁘면 됐지, 무슨 불만이 있겠어" "예쁜데 그 정도는 아무것도 아니지"라는 말들을 이제 속으로도 쉽게 할 수 없을 것이라 믿는다. 그리고 이런 감각과 자각은 걸그룹이 아니라도, 아이돌이 아니라도 모두에게 유효한 말이다. 물론 상대의 고통을 제대로 알아봐주기란 힘든 일이지만, 적어도 너무 쉽게 반응하여 왜곡된 응답이 되어서는 안 되겠지).

문득 소녀시대 티파니(이제는 '티파니 영'으로 활동하고 있다)가 과거 미국 라디오 프로그램 〈Zach Sang Show〉에서 나눈 인터뷰가 떠오른다. 한때 '꿈을 이루기 위해서라면, 내 삶 같은 건 다 가져가도 돼!'라는 태도로 아이돌로서의 성공에만 집중했다는 티파니는 그 시절에 지나쳤던 완벽주의가 지금까지도 뿌리박혀 있다고 씁쓸하게 말했다. 눈부신 날들이었지만, 끝을 알 수 없는 터널 같은 시간을 무사히 건너왔음에 다소 홀가분한 표정이었다.

DJ가 건넨 마지막 질문에 대한 티파니의 대답을 이곳에 남겨둔다. 팬인 나로서는 아무리 덕심이 크다 한들 도무지 생각해낼 수 없는 형태의 조언이어서, 선배 아이돌로서 그가 전한 진심 어린 다정에 받은 감명이 컸다. 물론 이 말 또한 걸그룹이 아니라도, 아이돌이 아니라도 모두에게 유효한 메시지가 될 것이다. 내게 그러했듯이.

잭생   미래의 아이돌에게 조언을 준다면요?

티파니   미래의 한국 아티스트들, 케이팝 아티스트들에게…. 룰을 배우고, 새로운 룰을 만드세요. 어기지는 말고요(웃음). 배워서 새로운 룰을 만드세요. 항상 친구, 동료, 선배에게 의지하고, 얘기할 수 있고 의견을 들어줄 사람에게 의지하세요. 그러면서 목소리를 찾아나가고 계속 열정을 갖고 꿈을 가지세요. 지금도 절대 늦지 않았어요.

지금, 우리

2019년 10월 14일의 일기

세상은 왜 변하는 것 같으면서도 잘 변하지 않는 걸까. 세계는 과연 더 나은 방향으로 나아가고 있는 게 맞는 걸까? 무력한 퇴근길, E가 안부 대신 전한 노래를 들으며 먼 곳에 도착할 그녀의 무사를 기원했다.

> 어려웠지 넌 어렴풋이
> 늘 지친 얼굴인 걸 모르겠지
> 쓸쓸한 듯 웃고
> 괜찮다 내뱉고선 잠이 든다
> 맞아 난 잘 몰라
> 네가 얼마나 아팠었는지
> 알고 싶었지만
> 그냥 네 옆에 있을게*

2019년 11월 25일의 일기

또 아무것도 할 수가 없었다. 미화 언니는 내게 죽고 싶어지면 말하라고 했다. 산다는 건 별이 되어가는 것이라고 했는데, 그 애들이 살아서 우리의 별이 되

---

* CHEEZE(치즈) EP 'Plate' 수록곡 〈돌아가자〉의 가사.

기엔… 우리에게 너무 과분한 선물이었던 것 같다. 언니는 또 말했다. 산 사람들의 시간은 참 빠르다고. 오늘 같은 날엔 내게 남은 삶을 하루빨리 다 살아버리고 싶다. 세상에 한없이 지는 기분이 든다.

2021년 5월 2일의 애도

"삶은 계속되어야 해, 착한 사람들이 죽는다 하더라도."* 이 시구를 보았을 때 나는 여리고 순한 두 얼굴을 떠올렸다. 한창 이 책을 마무리하는 중이었으므로, 내 삶은 어느 '덕년기' 때보다 아이돌로 가득 차 있었다. 트리를 감싼 알전구처럼 생생하게 반짝이는 아이돌들이 내 마음을 온통 에워싸고 있는 듯했다. 그 가운데 다소 희미한 조도로 은은하게 빛나던 얼굴이, 우연히 발견한 시구 위에 드리워진 것이다.

과연 삶은 계속되고 있었다. 어린 죽음들 뒤에도 나는 여전히 아이돌을 좋아하고 있다. 그리고 애도의 흔적은 이러한 불가항력적인 마음의 영속성이

* 에드나 세인트 빈센트 밀레이, 「비가」, 『죽음의 엘레지』, 최승자 옮김, 읻다, 2017.

올바르게 흐르도록 주시한다. 누군가가 영영 떠나고 나서야 그이의 무덤을 이정표 삼는 것은 확실히 염치없는 일이다. 끝없는 혐오와 폭력을 생산하는 세계가 언제까지 여성을 향한 애도에 빚져야만 간신히 변화할 의지를 가질 작정인지 모르겠다. 나도 한동안 그 세계에 편승해 있었음을 부정할 수 없다. 설리와 하라에게 부리나케 도착하는 늦은 사랑을 보면서 홧홧하게 깨닫는다. 아이돌은 물론 대중에게 인정받아야 하는 직업이지만, 그것이 어떤 모습일지는 스스로 선택할 수 있다는 것을 말이다.

전문가들은 온갖 음악적 장르와 콘셉트의 무한한 혼합이 곧 케이팝의 정체성이라고 말한다. 반면 미디어와 대중이 케이팝을 주체하는 여성 아이돌에게 줄곧 익숙한 대상화를 강요해왔다는 건 씁쓸한 현실이다. 오늘날의 케이팝을 해석하는 유연함처럼, 여성 아이돌이 제 존재를 구체적으로 증명해나가는 모습에도 관대한 시선이 신속히 더해져야 할 때다. 지금도 너무 늦었다는 것을 안다.

그러므로 우리에게 필요한 건 '지금'을 놓치지 않는 연습이겠지. 여성에게 '지금' 너그러워지기, 다양한 여성의 존재를 '지금' 수용하고 존중하기. 이 글을 쓰는 나의 '지금'도 이제 막 시작된 훈련이라는 걸

밝혀둔다. 과거를 애도하고, 미래를 희망하기 위해서는 나에겐 아주 많은 새로운 지금들이 필요할 테다. 바라건대, 그 길에 더는 어떤 여성도 제 존재가 함부로 모욕당하거나 거부당하지 않았으면 좋겠다. 그 발화점이 내가 사랑해온 아이돌 세계에서라면 더더욱 말이다. 내가 여성 아이돌들의 가려진 외로움까지 쓰다듬을 수는 없겠지만, 투쟁이 필요하다면 그 목소리만은 쓸쓸하지 않도록 힘을 더할 것이다.

아이돌은 언제나 나라는 인간의 우울을 가뿐히 휘발시켜주고, 괴로운 현실 한편에서도 기꺼이 명랑한 세계를 구축할 수 있도록 해주었다. 가끔 덕후인 나는 참 이기적으로 사랑하는 사람 같다는 생각을 한다. 그럼에도 선미의 〈주인공〉을 듣고 싶은 밤. 후렴구에 꼭 내 마음 같은 가사가 메아리처럼 울려 퍼진다. "show must go on… the show must go on…".

그런데 이 쇼는 누구를 위해 계속돼야 할까? 덕후의 즐거움을 위해서? 아이돌의 자아실현을 위해서? 미처 이어지지 못한 두 아이돌들의 무대가 잔상처럼 번진다. 여성들이 제 삶이 계속돼야 하는 이유를 찾기에 좀 더 온기 있는 무대를, 안전한 사회를 꿈꿔본다. 그리고 이 바람이 유효한 한 내 삶이 앞으로 어떻게 흘러가든 덕질을 멈추는 일은 없을 것이다.

언젠가 미화 언니가 내게 해준 재미난 말이 기억난다. 지렁이의 심장이 무려 아홉 개나 된다는 걸 발견한 언니는 이렇게 덧붙였다. "심장이 아홉 개면 사랑도 동시에 아홉 번이나 가능한 게 아닐까? 혜은이 여러 아이돌을 좋아하는 거, 꼭 지렁이 같아."

나는 이 말이 마음에 쏙 들었다. 갑자기 아홉 개의 하이브리드 심장이 몸속 어딘가에 생긴 것만 같았고 앞으로 내가 해야 할 사랑이 무엇인지를 알아챘다. "사랑이란, 상태가 아니라 서로가 성장할 수 있도록 마음과 시간을 쓰는 과정"*이라고 하지 않았는가. 하지만 아이돌과 덕후 사이에서? 누군가가 아리송한 웃음을 짓는대도 괜찮다. 아무튼, 나는 그런 덕질을 할 거거든.

---

* 내 최애 작가(최애는 어느 곳에나 존재한다) 윤이형 소설가의 말. 『설랑』(나무옆의자, 2017)의 에필로그를 인용.

아무튼, 덕후

모월 모일, 합정동 레스토랑에 모인 네 명의 아이돌 덕후. 서로 간의 자세한 관계는 생략하며, 현생과 덕생 사이 아슬아슬한 줄타기의 대화만을 이곳에 옮겨 둔다.

0. 워밍업

찐탈케 덕질하다 적립한 흑역사 하면 나는 〈프로 듀스 101〉(이하 프듀) 시즌2 생방송 때 생각밖에 안 나. 우리 픽 밀려고 바깥에서 사람들한테 물티슈 같은 거 나눠주면서 문자 투표 해달라고 한 거.

PP 맞아, 우리 PC방도 갔잖아. 어지간한 여자애들은 이미 자기 픽이 다 있으니까. 이 투표에 관심 없는 남자들 있을 만한 곳 찾아다니면서….

찐탈케 그러니까. 영화관은 이미 P 팬들이 털어가지고.

혜은 이야, 젊었다, 젊었어.

찐탈케 나는 〈프로듀스 X 101〉도 뛰었잖아. 그때 꼬깔콘 봉지 안쪽에 있는 코드로 구매 인

증을 하면 현장 경연 티켓을 증정하는 행
사를 했거든. 내가 생방송 파이널 경연에
방청권 당첨되려고 꼬깔콘을 nnn개 샀어.
갑자기 생각났다.

PP 나 꼬깔콘 좋아하는데.

맑음이 한 nn만 원 쓴 셈이네. 그래도 개이득 아
니야? 티켓 양도가 더 비쌌으니까.

PP 근데 이 짓거리를 지금까지 할 줄이야···.
서른에는 **탈빠**할 줄 알았지. 덕질 경력으
로 엔터테인먼트라도 들어갔어야 해. 어
릴 때 **팬매니저** 좀 할걸. 옛날에 '팬매'하
던 언니들 지금 소속사에서 대리 하나씩은
달았잖아. 내가 생각이 짧았지. 미래에도
덕질할 줄 모르고···.

레스토랑 직원이 주문한 굴래시를 가져온다.

혜은 (속삭이듯) 카드 가져옴?*

---

*   이 장면에 대한 설명이 필요할 것 같다. 요즘 돌덕들 사이에
    서는 음식을 먹기 전 최애 포카와 함께 사진을 찍어 남기는
    문화(?)가 있다. 우스갯소리로 '트위터 예절'이라고 부르
    며, 이때 동반되는 포카를 '예절 포카'라고 부른다. 쉽게 말

PP	포카? 가져왔지.
찐탈케	(당당하게) 난 **탈케**여서 안 가져옴.
PP	에바야. 너는 잠시 쉬는 거잖아.

하지만 찐탈케도 결국 맑음이의 포카 리스트 중 한 장을 빌려 쥐고—자신의 마지막 최애였으므로—함께 그릇 위로 손을 내민다.

PP	(보호 필름이나 홀더 없이 밋밋한 혜은의 포카를 보며) 야, 포카에 비닐 안 씌우면 안 돼.**
맑음이	맞아. 되팔 때 생활 기스 나면 안 되니까.

해 머글들이 SNS에 음식 사진을 근사하게 찍어 올리는 것과 같은 개념이다. 그런데 이제 최애를 곁들인….

** 이 장면에 대해서도 설명이 필요하다. 포토카드뿐만 아니라 아이돌의 거의 모든 공식·비공식(팬들의 자체 제작으로 탄생된) 굿즈는 활발히 거래되고 있다. 포토카드의 경우 외관이 손상되기 가장 쉬운 굿즈이므로, 꼭 되팔 목적이 아니라도 대부분의 덕후들이 보관에 주의를 기울이는 편이다.

1. 우린 다 '순덕'이었어

혜은   누구 덕질할 때 가장 좋았던 것 같아? 추억하면 이때 참 행복했지, 싶은 시절.

찐탈케   나는 덕생 스타트를 끊어준 SN. 그맨 어리기도 했고, 그냥 보이는 대로 다 믿었던 것 같아. 오빠에게 좀 맹목적인 순덕이었으니까.

맑음이   나는 꼭 어렸을 때가 아니라도 모든 덕질 초반에는 다 행복했어. 이 애들이 최고고, 여기가 정말 뼈를 묻을 곳 같고…(웃음).

혜은   진짜 공감된다. 내가 입덕한 지 이제 2년 찬데 그 뽕에 완전 차 있거든(웃음).

PP   나는 DB인가? 진짜 돌판에 대해서 아무것도 모를 때.

맑음이   근데 진짜 어려서 한 덕질이든 늦덕이든 덕질 초반에 이 애들에 대해 알아갈 때 되게 행복하다?

찐탈케   맞아. 나도 AB 입덕 초반에 진짜 행복했어. 평생 좋아할 줄 알았는데…. 막판엔 약간 회사 다니듯이 의무처럼 마음을 쓴 것 같아.

혜은	그럼 내 아이놀한테 논란이 생기면, 바로 탈덕할 수 있어? 어디까지 용인할 수 있어?
찐탈케	나는 절대 용납할 수 없는 건 모든 범주 안에서의 성범죄. 그래서 Y를 탈덕했지. 그 외에는, 솔직히 말하면 말로는 욕하면서도 다소 너그러운 편인 것 같아. 예전에는 연애만 해도 난리 났잖아.
혜은	그치. 예전에는 오빠들이 연애하면 덕심 박살 나는 사건인데 이제는 연애하면 그래, 저렇게 예쁘고 멋진 애들인데 연애 안 할 수 있나 싶긴 해.
맑음이	나도 탈덕 급행열차는 당연히 성범죄인데, 사회면에 실릴 만한 문제가 없더라도 무대에 임하는 태도가 허술해지거나 팬들을 소홀하게 대하는 모습을 보면 서서히 마음이 식어. 그게 오히려 팬들 정을 빠르게 떨어트리는 것 같아. 그리고 나는 팬덤 분위기도 덕질에 영향을 미치는 것 같아. 특히 내 최애를 좋아하는 사람들의 분위기라고 해야 하나? 최애를 앓는 스타일이 나랑 다르면 아무래도 좀 겉도는 기분에 동질감도 떨어져서 최애에 대한 애정도도 같이 떨어

	지게 되고, 관심이 가는 다른 아이돌 팬덤이 나랑 덕질하는 스타일이 통하면 좀 더 마음이 끌리게 되는 거 같아.
혜은	갑자기 생각난 건데 PP는 진짜 마음이 잘 바뀌어. J를 데뷔 전부터 그렇게 좋아했다가 H로 바뀌었을 때 내가 J도 아닌데 배신당한 기분이었잖아.
PP	맞아, 난 갑자기 그래.
일동	그래, 너는 갑자기 마음이 바뀌더라. 보통 그러데이션이 되는데 넌 뚝. 그리고 새로 짠 시작해.
PP	누구한테 영업 절대 안 당하는 스타일.

2. 엄마 나 계탔어!

PP	사실 생각해보면 크게 계 탔던 일은 없는 것 같아. 그냥 소소하게 오프 다니면서 알아봐주고 인사해주는 정도? 물론 많이 가서 그런 것도 있고, 나한테만 그러는 것도 아니지만 그냥 내가 진심을 다해서 다녔던 만큼 최애도 나한테 진심으로 대하는

게 느껴져서 좋았던 것 같아. 생일 때 팬싸 가서 축하해달라고 하니까 처음으로 'PS' 길게 진심을 다해 써줘서 사실 조금 놀랬던 기억이…(웃음). 이젠 다 추억이다.

맑음이 나는 좋아하는 밴드 콘서트 갔는데 내 바로 두 줄 뒤에 내 최애가 있었을 때. 심지어 공연 내내 몰랐다가 막판에 앙코르 할 때 밴드 멤버가 그쪽으로 가서 알았어. 그리고 끝날 때까지 계속 쳐다봤는데, 나랑 공연을 같이 봤다고 생각하면 진짜 너무 신기해. 그때 나보다 앞쪽에 있던 친구가 내 모습을 찍었는데 진짜 계속 뒤돌아 있는 사진들이라 너무 웃겨. 만약에 끝날 때까지 몰랐다고 생각해봐. 아마 관 뚜껑 닫기 전까지 화났을 거 같아.

혜은 완전 계 탄 거 맞네! 나도 중학교 땐가, 당시 최애랑 같이 엘리베이터 타고 떡 받아먹은 거. 2000년대 중반에 내가 살던 일산에서 음악 예능 프로그램 녹화를 정말 많이 했거든. 친구들이랑 카페에서 노는데 창밖으로 밴이 보였나, 하여튼 무슨 낌새를 느끼고 스태프들이 드나드는 건물로 가서 무작정 엘리베이터를 탔어. 그런데 마침 K가 그 엘리베이터를 딱 탄 거야! 예능 소품이었는지 떡을 들고서! 내가 막 떨면서 팬이라고 하니까 K가 웃으면서 떡을 하나 주더라. 먹지도 못하고 손에 그대로 쥔 채로 걔가 엘리베이터에서 내릴 때까지 같이 있던 그 몇십 초가 아직도 생생해.

찐탈케   나는 오히려 대단히 게 탄 건 없는 것 같은데….

혜은   아니, 찐탈케는 **대포**였잖아! 그럼 애들이 엄청 알아봐주지 않아?

찐탈케   음, 그런데 내 생각에 대포는, 뭐랄까… 약간 파워블로거 같은 거야. 아이돌이 잘 보여야 하는 존재? 식당에서 파워블로거를 대하는 태도처럼. 약간 비즈니스 호의 같다는 생각을 해. 물론 아이돌이 자기를 진짜로 특별하게 생각한다고 믿는 대포들도 있지.

혜은   그런 아이돌도 있지 않을까? 진심으로 고마워하는.

찐탈케   내 성격상 아무리 내 눈앞에서 잔망스러운 포즈를 취하고 잘해줘도, 그런 모습들에 크게 연연하지는 않는 것 같아. 무엇보다 나한테만 특별하게 구는 게 아니라 다른 대포들에게도 잘해줄 테니까.

혜은 그럼에도 대포로 지내는 동력 같은 건 뭘까? 사실 물리적으로 들어가는 시간이랑 돈을 생각하면 대포가 정말 극한 덕질이잖아. 오프를 많이 뛰는 팬들의 평균치 이상으로 에너지를 쏟으니까. 때로는 '대포샷을 위한 대포샷' 때문에 현생을 갉아먹기도 하고.

찐탈케 그렇지. 사실 대포도 어느 정도 관종인 애들이 하는 것 같아. 나만 찍은 컷을 트위터에 공유하면서 보상 심리를 느끼기도 하고, 팬들의 리트윗을 기대하기도 하니까. 대포로서 가장 좋은 순간은 아이돌과의 어떤 소통보다, 여러 대포 중에서도 나만 담은 컷이 있을 때인 것 같아. 나만 포착한 최애의 순간을 간직한다는 희열이 크지.

3. 현타는 언제 오나

혜은   그럼 '현타'는 언제 올까?

PP   팬싸 떨어졌을 때.

맑음이   난 오히려 팬싸 끝난 뒤에 이게 무슨 의미가 있는 거지? 싶을 때가 있어. 좋은데, 이 기쁨을 위해서 이 돈을 썼구나. 나에게 남은 건 이 순간뿐이구나 하는 생각.

PP   사실 돈 쓴 만큼 현타가 오게 돼 있어. 팬싸 떨어졌을 때보다 더 최악인 건 팬싸에 갔는데 최애 반응이 별로일 때니까. 그러면 진짜 기분이 급격히 떨어져.

맑음이   나는 애들 웃기는 걸 좋아해서 준비를 진짜 많이 해. 이렇게 하면 재밌어하겠지? 웃겠지? 하는 상상 같은 걸 하면서. 그런데 만약 나도 좀 삐끗했고, 최애 반응도 뭔가 미지근해. 그럴 때 너무 싫지. 영통은 물론 녹화할 수 있다는 장점은 있는데 그게 양날의 검인 게, 영통에서 망한 팬싸를 돌려보면 그 어색한 순간이 너무 적나라하게 보여서 더 현타가 오는 거 같아. 대면 팬싸 때는 내 머릿속에서 행복 회로 돌리면서

'그래도 재밌었어' 할 수 있는데 영통은 편집 없는 녹화본이 저장되는 거니까.

찐탈케 영통은 진짜 현타 많이 와. 일단 내 목소리가 너~무 듣기 싫고(일동 웃음), 왼쪽 상단 화면에 내 얼굴이 보이는 것도 싫고. 애들 폰에는 내 얼굴이 크게 띄워질 거 아니야. 그걸 생각하면 진짜 너무 싫어.

PP 야, 오프 팬싸도 덕친들이 뒤에서 직캠 찍어준 거 보면 내 뒷모습만 막 들썩들썩거리고 난리도 아니야.

맑음이 옆에서 봐도 우리 광대만 볼록볼록 솟아 있고(일동 웃음).

혜은 찐탈케는 네 말에 따르면 탈케한 거잖아. 대포 뜰 때는 언제 현타가 와?

찐탈케 너무 많이 오지. 특히 코로나 터진 뒤로는 유난히 힘들었어. 오프에 등장하는 팬들을 우선 안 좋게 보니까. 하루는 공개방송이 잡혀서 갔는데 관계자들이 자기들끼리 녹화를 한다고 당일에 변경을 하는 거야. 나는 포기하고 철수하는데, **대리찍사** 하는 애들은 돈을 받아야 하니까 무시하고 10단 사다리를 설치한 거지. 그건 뭐 거의 생명을 걸었다고 봐야지. 경찰들도 사람 다칠까 봐 함부로 끌어내릴 순 없으니 그냥 자포자기로 대치만 하고 있고. 그 모든 걸 지켜보려니까 순간 내가 다 현타가 오는 거야. **찍덕**이란 뭘까 싶더라. 그래서 예상치 못하게 탈케의 길로 접어들었지.

4. 내일을 위한 덕후

혜은   과거의 나를 봤을 때, 지금까지 덕질할 거라 예상했어?

일동   절대 몰랐어! 프듀 직전까지는 진짜로…. 오랫동안 좋아하던 아이돌의 공연 소식이 간간히 들리면 가끔 가는 정도로만 좋아했지. 그러다 자연스럽게 돌판을 뜨나 싶었는데 프듀가 긴 휴덕기를 깨준 거야.

혜은   그럼 앞으로 어떨 것 같아? 10년 뒤의 나를 보면.

일동   덕질? 절대 안 해야 해(웃음). 안 해야만 해.

맑음이   일단 팬 문화 자체가 많이 변했다고는 하지만, 그래도 아이돌 자체는 주로 십대, 이

십대를 위한 문화인 건 변함이 없는 것 같아. 그러다 보니 나이 많은 사람들의 행동이 가끔씩 좀 튀어 보이는 경향이 있고, 그래서 나이가 많다고 하면 안 좋은 시선으로 보는 분위기가 있지. 솔직히 나도 가끔은 나이를 밝히지 않을 때도 있어(웃음). 물론 나이가 있어도 재밌게 덕질하는 사람들도 많고, 요즘은 뭐 우리 엄마뻘 중에도 아이돌 좋아하는 분들 많으니까 다 그렇다고는 볼 수 없지만, 지금까지 내가 해온 덕질 방식이 내 통장과 현생에 영향을 주는 형태인 걸로 봐서는 나를 위해서라도 10년 뒤에는 덕질을 안 해야 하지 않을까…?

찐탈케 (단호하게) 응, 안 해야 돼.

혜은 일단 맑음이가 겪어본 팬덤 내에서는 덕질을 건강하게 오래 하는 모델이 없었던 걸까?

PP 나는 어떻게 될지 모르지만, 그냥 그러고 있을 나를 생각하면 무서워.

맑음이 그냥, 10년 뒤에도 덕질하고 있으면 뜯어 말려줘.

혜은 그렇구나. 그럼 과거의 자신에게 한마디

	한다면?
PP	덕질에 쓸 돈으로 주식해, 제발! 그리고 팬싸 응모 앨범들 미수령하지 말고 포카 다 가져와….
찐탈케	그냥 덕질을 하지 마. 프듀 보지 마!(웃음)
혜은	다들 후회하네. 그럼 지금은 왜 덕질하는 거 같아?
맑음이	아이돌은… 그냥 사랑하라고 만들어진 존재 같아. 만약 내 최애를 현생에서 일반인인 상태로 봤다면 과연 이만큼 좋아할 수 있을까? 일단 내 눈앞에 보이는 모습이 너무 매력적이잖아. 때마다 콘셉트도 달라지고, 현생에서는 느낄 수 없는 무대 위의 화려함도 그렇고.
혜은	그치. 아이돌에게 부여된 서사가 너무 근사하잖아. 나도 막 그 세계에 편입하고 싶고.
찐탈케	맞아. 같이 성장하고 싶은 마음도 들어. 사실 나는 하는 것도 없는데(웃음).
혜은	왜! 우리는 응원하잖아. 그 애들이 성장할 수 있게.
찐탈케	내가 내린 결론은, 도파민 중독이야. 덕질을 하면서 더 자극적인 걸 찾는 거지. **안방**

*팬*들은 중독까지는 아니야. 그런데 이제 어떤 형태로든 오프를 뛰잖아? 그럼 거기에서 오는 희열이 말도 못 해. 최애에게 계를 탈 수도 있고, 나처럼 대포를 하면서 아이돌에게서든 팬들에게서든 관심을 받을 수도 있지. 이렇게 덕친들이랑 친목을 하는 거 모든 게 도파민이랑 연결된다고 생각해. 약간… 비약하자면 도박 중독자 같은 거야.

일동 웃음.

찐탈케	아니야. 나는 진지해. 최근에 탈케를 하면서 그동안의 내 상태를 분석하려고 노력해 본 거야. (일동: 너 탈케 아니라니까!) 그 도파민 중독으로 케이팝을 못 끊었던 거야, 사실. 현생에서 그만한 도파민이 없는 거지.
혜은	그래서 탈덕은 없고 휴덕만 있다는 거고.
찐탈케	덕질 도파민이 몸 어딘가에 새겨져 있거든 (웃음).
PP	나는 그런 걸 주식할 때 좀 느껴. 주식할

	땐 최애 생각이 전혀 안 나.
찐탈케	그래! 주식, 도박, 아이돌 다 하나로 통하는 거야.
PP	근데 나는 약간 덕후 DNA가 따로 있다고 생각해. 한번 머글은 영원히 머글이야. 아이돌에 관심 없는 애들은 아무리 시간이 흘러도 관심이 없어. 어쩌다 입덕하는 것 같다가도 덕질이라고 하기엔 애매하게 즐기다가 관둬버리지.
맑음이	그게 바로 도파민에 강한 친구들이야(웃음).
혜은	근데 좀 회의적으로 이야기하긴 했지만 결국 그 모든 시간들은 좋아하는 마음이 있었기 때문에 가능했던 거잖아. 덕질에 몰입할 때에 충만함이 있다는 뜻이니까.
맑음이	그렇지. 그런데 나는 덕질하면서 새로운 친구들이 생겼을 때도 되게 행복한 것 같아. 의외로 그 기쁨이 내 아이돌에게서 오는 것 못지않게 커.
혜은	덕질로 새로운 관계를 맺게 되는 거?
PP	맞아, 돌이켜 보면 남는 건 그것밖에 없어. 순간의 취미, 취향이라기보다는 아이

돌이라는 오래된 관심사가 같으니까, 처음에 관계를 맺을 때 쓰는 마음의 에너지랄까 진입장벽도 낮고. 유대 관계가 빨리 형성되지.

혜은   마지막까지 좋은 모습으로 기억되는 건 어쩌면 아이돌보다 함께 덕질했던 친구들이라는 거구나. 탈덕해도 덕친은 남는다, 너무 좋다.

찐탈케   사실 나이가 들수록 마음에 꼭 맞는 새로운 친구를 사귀는 게 힘들잖아. 그런데 같은 덕후라고 하면 바로 친구가 돼버리니까. 지금 우리처럼 처음엔 같은 아이돌을 덕질하면서 친구가 됐지만 이제 제각기 다른 팬덤에 속하면서도 이런 관계가 이어지면 말 그대로 '실친'이 되니 소중하지.

혜은   맞아, 아이돌은 가도 우정은 남는 게 덕질하면서 얻는 뜻밖의 이로움인 것 같아.

5. To. 최애

혜은   만약 최애에게 한마디 전할 수 있다면 무슨

	말 해주고 싶어? 과거의 최애도 상관없어.
일동	어…. 무슨 말을 해야 하지?
찐탈케	그래, 탈케했어도 정이 있지(웃음). 마지막 최애한테 할게. D야, 어차피 이런 말 안 해도 알아서 잘 살겠지만, 앞으로는 멘탈 관리 잘하고 남아 있는 팬들에게 잘하면서 그룹 내 1군의 자부심을 지키렴.
혜은	아… 말이 길어지는 거 보니까 정이 깊네. 아직도 좋아하네! 진짜 탈케 아닌 걸로(웃음).
맑음이	음, I야, 나는 네가 연차가 쌓여도 너무 쉽게 매너리즘에 빠지지 않았으면 좋겠어. 연예계 생활이 쉽지 않겠지만 나쁜 물을 잘 걸러내면서 활동하면 좋겠고…. 우선 지금은 자신감을 가졌으면 좋겠다. 사람들의 말에 너무 휘둘리지 말고, 네가 할 수 있는 만큼은 열심히 하기를!
혜은	PP만 남았네. 너는 그냥 **버블**에 쓴 거 읽으면 되겠다.
PP	아, 안 돼, 그럼 내가 엄만 줄 알아.
일동	엄마도 그렇겐 안 해(웃음).
PP	S야, 그냥… 원래 하던 대로 본업에 충실

하고, 초심 잃시 말자. 버블 자주 보내고.

혜은   너 정말 이게 전부야?

PP   응.

나를 만든 세계, 내가 만든 세계
'아무튼'은 나에게 기쁨이자 즐거움이 되는,
생각만 해도 좋은 한 가지를 담은 에세이 시리즈입니다.
위고, **제철소**, **코난북스**, 세 출판사가 함께 펴냅니다.

아무튼, 아이돌

초판 1쇄 2021년 9월 27일
초판 3쇄 2023년 8월 28일
지은이 윤혜은
펴낸이 김태형
펴낸곳 제철소
출판등록 제2014-000058호
전화 070-7717-1924
팩스 0303-3444-3469
제작 세걸음

right_season@naver.com
instagram.com/from.rightseason

ⓒ윤혜은, 2021

ISBN 979-11-88343-49-2 02810